KB121436

기다리며 꾸는 꿈

dot.2   이신주

기다리며 꾸는 꿈   아작

toc.

어쩌다가 이렇게 된 걸까. 라는 말은 무책임하다. 게다가 잘 생각해보면 어폐까지 있다. 돌이켜보면 원래 일은 다 틀어져 있었다. 우주를 누비는 로켓은 발사대의 눈금이 단 일각만 어긋나더라도 순식간에 목적지에서 수십만 킬로미터 떨어진 곳을 표류하게 된다. 일상이 무너지는 것도 마찬가지이다. 작은 금하나를 무시하긴 쉽지만 그것을 처음부터 전연 눈치채지 못했다고 하면 이쪽의 불찰이다. 괘념치 않고 흘려버린 작은 금이 횡으로 종으로 뻗어 결국은 내가 알고 네가 믿는 모든 상식을 거미줄처럼 너저

분하게 흩뜨려버리는 것이다.

밤바다. 달빛이 싸늘한 모래사장을 보듬는다. 공기는 그러나 아무리 여름이라 한들 심하게 뜨겁다. 속눈썹에 맺히는 땀방울이 시야를 왜곡하여, 마치 훈연된 세상이 육즙을 질질 흘리는 것만 같다. 아이는 잠옷 차림으로 엎어져 있다. 모래가 손 틈으로, 발가락으로 오글오글 파고든다. 파도는 치지 않는다. 어마어마한 흰색의 거체가 해변을 통째 틀어막은 까닭이다. 아이의 옆에는 그리고 두 발로 당당히 선 형체가 있다. 사람, 붉은 머리 여자의 모습을 했지만 결코 피와 살이 흐르는 인간은 아니다.

무엇 하나 짚고 넘어가지 않을 수 없는 기이한 광경뿐. 이게 대체 어떻게 된 일인고 하니, 그것은 오늘 아침부터 시작된 일이다.

★

…아니, 잘 생각해보니 실은 족히 46억 년은 된 케케묵은 이야기이다.

＊

"잠시(潛時)엔진 오작동."

현실에서는 누군가의 말에 괄호가 붙지 않지만, 어쨌든 말에는 뉘앙스가 있다. 잠수함이 물을 파고 드는 배인 듯, 잠시엔진이란 그런즉슨 시간의 흐름을 파고드는 동력 기관이었다.

"물질화 계수 측정 불가."

여자의 목소리는 텅 빈 우주선을 떠돌았다. 우주선은 흡사 밥그릇 두 개의 주둥이를 맞댄 것처럼 멋없었지만 확실히 제가 해야 할 일 정도는 할 수 있었다.

"목표 좌표 손실…."

물론 그 할 일이란 우주를, 그 시공간 매트릭스의 곳곳을 종횡무진 누비는 일이었다.

"…연산 재가동."

그러나 우주선이라는 표현은 다소 과장된 면이 있었다. 그것은 우주선의 승무원이 여자 하나일 뿐만 아니라 그 크기도 정말 여자 하나만 딱 태울 정도였기 때문이었다. 그러니 목소리가 '떠돌았다'라는 진술도 말이 안 되기는 동일했다.

별다른 복도도, 방도 격벽도 찾아볼 수 없는 시시한 우주선. 게다가 여자가 몸을 꼭 웅크린 곳에는 그 운행을 위한 설비들도 없었다. 외부 관측을 위한 고분자 수지로 된 창문을 빼면 우주선의 나머지 내벽은 배추 밑동처럼 매끈하기 그지없었다. 우주선이 움직이는 것이야 그 얇디얇은 벽 안에 어떻게든 동력계를 다 욱여넣었다 치면 되었다. 그래도 남는 한 가지 질문, 말하자면 사용자 인터페이스의 부재. 아무것도 쥐거나 붙들거나 높이거나 낮출 수 없는 이 환경에서 그녀는 어떻게 우주선을 조종하는가?

"중력 섭동 심화."

사실 그녀는 우주선의 승무원이 아니었다. 우주선도 그녀를 태운 것이 아니었다. 그녀가 내내 읊는 것은 우주선의 제어 콘솔 따위에 떠오르는 알림이 아니었다. 그녀는 우주선의 생각을 만들거나, 그 움직임을 지휘하지 않았다. 그녀는 우주선 그 자체를 '했다.'

"연산자 과부하. 우회로 탐색…."

그녀와 우주선 사이에 구분선을 그리려는 것은 흡사 애완동물이 제 주인의 얼굴과 손발을 따로 생각하려는 것과 같았다. 그렇기에 여자는 손장난하듯 몸을 두드렸다. 쓰다듬었다. 손가락을 접고 펴기를 반복했다. 보이지 않는 자판을 컨트롤하는 것처럼 그것만으로 여자는 우주선이 알아야 할 모든 정보를 받아들이고 알맞은 명령을 하달했다.

"목표 좌표 재구성 실패."

그야말로 마법과도 같은 기술력이었지만, 모르는 사람이 보면 안 씻은 여자가 몸을 계속 벅벅 긁는 것으로 오해하기에 십상이었다.

"물질화 계수 설정. 0.0027."

진짜 생명체라면 도저히 다룰 수 없을 만큼 방대한 정보를 말도 안 되는 속도로 컴퓨팅하던 그녀는 자신의 모든 노력이 결국 이래도 좋고 저래도 좋을 확률 놀음 속으로 빠져버릴 것을 알았다. 최초의 오류가 생긴 순간부터 성공과 실패 대신 큰 실패와 좀 더 작은 실패를 저울질해야 할 처지가 된 것이다.

"유사 사례 검색—실패."

입술을 깨무는 것은 현재 돌아가는 대부분의 프로세스를 강제 종료하는 명령어였지만, 우연히도 그녀가 진짜 사람이더라도 상황과 어울리는 정서 표현이 되었다.

"잠시엔진 정지. 임의의 좌표로 물질화 개시."

우주선이 사라졌다.

"테스트_1호."

우주선이 나타났다.

'불지옥'이라는 표현을 어려워하는 사람은 없다. 지옥은 뜨거운 것이고, 불은 사람들이 직관적으로 불러낼 수 있는 대표적인 '뜨거운 것'이니까. 그러나 실은 물질을 진정 한계까지 몰아붙이거든 화염의 형태 또한 사치스러운 것이 된다. 부드러운 것은 모조리 증발하고 마지막 남은 단단한 것들마저 흐물흐물 녹아내린 뒤 남은, 질척하고 농밀한 초고열의 수프. 우주선이 새로이 모습을 드러낸 행성은 지표 전체가 그런 꼴을 하고 있었다.

"…현지 공전주기 기준 약 46억 회 벗어남."

그 모양조차 채 굳어지지 않은, 난도질당한 버터 덩이 같은 꼴을 한 채 행성은 들끓었다. 우주선은 그러나 산들바람이 부는 벌판을 산책이라도 하듯 유유히 그 위편을 거닐었다.

"테스트_1호 실패. 잠시엔진 재가동."

우주선이 사라졌다.

이번에 나타난 곳은 훨씬 점잖은 모습이었다. 반대로 오히려 재미가 없을 지경이었다.

울퉁불퉁 솟은 언덕 사이로 얕은 호수가 점점이 이어졌다. 햇살을 맞아 뜨거워진 공기가 바람을 빚었다. 그리고 그게 다였다. 자연현상을 벗어난, 말하자면 자유의지에 의한 기척이라곤 전연 없었다. 하다못해 돌 구르는 소리조차 나지 않았다.

"…현지 공전주기 기준 약 35억 회 벗어남. 오차 좁혀짐."

입꼬리를 올리는 것은 입력된 정보를 단기기억에서 장기기억항으로 옮기는 명령어였다.

"테스트_2호 실패. 잠시엔진 재가동."

그리고 우주선이 사라졌다.

한편 복잡한 기동을 거친 우주선의 표면에서 뒤섞인 물질들이 자연적으로는 찾기 힘든 고성능의 유기조합을 이루어냈다. 염기를 빽빽이 단 빗 같은 모양으로 물구덩이를 떠돌던 분자들은 곧 자신과 상보적인 쌍을 만나 이중나선의 모양으로 화했다.

이번에 우주선이 물질화한 곳은 여타 천체에서 조금 떨어진 우주였다.

행성의 모양새가 저만치 펼쳐졌다. 흰 구름과 푸른 바다와 녹색 숲이 오순도순 어우러진 광경이 그녀의 눈에 들어왔다. 이제 시간적 오차가 얼마나 좁혀졌는지 측정할 순간이었다. 그동안 우주선은 줄곧 속세의 어떤 인력이나 척력에 얽매이지 않고 유유히 떠돌았다.

그랬어야 했다.

"…오류. 자세 제어 프로세스 오작동."

한번 엇나간 기계를 줄곧 테스트로 몰아붙인 까닭일까. 잠시엔진이 아닌 엉뚱한 곳에서까지 문제가 터져 나왔다. 기우뚱기우뚱 오뚝이처럼 비틀거리던 우주선은 이내 자신과 가장 가까운 천체의 인력권에 끌려들어 갔다. 행성의 표면이 오랜만에 만난 동네 똥개처럼 빠르게 가까워졌다.

"우회로 설정. 자세 제어 프로세스 강제 종료."

두루뭉술하던 구름들이 점차 그 자세한 요철을 드러내며 다가왔다. 바다가 변두리로 사라지고 산맥이 솟은 흰 대륙이 넓게 펼쳐져 시야를 가로막았다.

대기 분자가 우주선과 충돌하며 푸르스름한 플라스마를 내뿜었다. 뭘 하려는지 몰라도 빨리 하는 게 좋을 것 같다고, 우주선이 좀 더 관습적으로 생겼고 안에 복도와 다른 방과 동료 승무원도 있다면 누군가 그렇게 외치기에 딱 좋은 타이밍이었다.

그러거나 말거나 여자는 좀 더 빠르고 강하게 제 몸의 이곳저곳을 두드렸다.

"우회로 설정 완료."

점점 속도가 붙으며 지면은 무섭도록 자세해졌다. 반을 갈라 여기는 땅, 여기는 바다로 눈대중하던 것이 이제는 눈 덮인 침엽수 한 그루 한 그루를 따로 볼 수 있을 정도였다. 여자는 제가 새하얀 허허벌판에 곧 처박히게 될 것을 직감했다. 기록적인 규모의 크레이터와 함께.

"물리량 직접 제어. 유효관성_0."

아슬아슬하게, 실은 땅과 우주선 사이에 건물이 몇 채는 들어가겠지만 우주의 기준에서는 행성과 입맞춤을 나누는 수준의 아슬아슬한 간격을 두고 우주선은 멈추었다. 물리 법칙이 땅을 치며 울부짖을 일이었고, 그에 대한 앙갚음으로 미처 무효화되지 않은 열과 빛이 그 일대를 휩쓸었다. 고개를 쳐든 아름드리나무들이 이쑤시개처럼 부러져 나뒹굴었다. 어쨌든 우주선이 신경 쓸 일은 아니었다.

"…현지 공전주기 기준 약 100회 벗어남."

급한 불을 끈 그녀는 서둘러 오차 범위를 측정했다.

"오차 매우 좁혀짐. 테스트_3호 실패."

고무적인 성과를 낸 그녀는 마찬가지로 고무적인 피해를 그곳에 입힌 채로 사라졌다.

"…테스트_04호 실패."

시간을 잴 필요도 없이 그녀가 실패를 직감한 까닭은, 그리고 슬쩍 처음부터 두 자릿수의 실패를 예상했다는 듯 테스트 번호 앞에 0을 추가한 까닭은 다른 게 아니었다. 시간은 고사하고 이번엔 눈앞에 펼쳐진 풍경 자체가 영 아니었다.

"배경 천체. 목표 천체와 불일치."

부연 고요로 뒤덮인 행성이 눈앞에 있었다. 군데군데 한때 물이 흐른 흔적인 듯 깊게 파인 계곡과 극지방을 두른 얼음을 빼면 밑도 끝도 없이 그저 불그스름한 사막만이 펼쳐진 곳이었다. 이번에는 자세

제어 프로세스가 투정을 부리는 일도 없어, 심심하게도 그것의 저궤도를 그저 떠돌 것밖에 할 일이 없었다.

"정확한 위치 역산 중…."

기껏 시간적 오차 범위를 좁혀놨더니 정작 엉뚱한 장소에서 물질화하다니. 실망한 여자는 조금 전 엉뚱한 문제를 일으켰던 것과 마찬가지로 우주선으로서 아주 기본적인 기능을 그만 망각하고 말았다.

"프로세스 강제 종료!"

충돌 경고등 역할을 하는 그녀의 감각 회로가 찌릿거리는 구심성 신호를 터뜨렸다.

"미확인 비행체 접근 중. 거리 약…."

말도 안 되는 일이라고 말하는 순간 그것은 그만큼의 가능성을 가지게 된다. 우주 어딘가에 맺혀버린 자그마한 복선의 씨앗. 그래서 그것은 언젠가 기어코 결실을 맺고야 만다. 그래서 일어났다. 우주라는 넓디넓은 시공간 매트릭스의 특정 순간, 특정 좌표에서 두 물체가 맞닥뜨렸다. 쏜살 따위는 박제된 더듬이처럼 보일 만큼 빠른 두 사물이 서로에게 날 것 그대로의 외력을 들이붓는 그 아찔한 현장. 무수

한 파편들이 산탄처럼 쏟아져 나갔다.

여자가 눈살을 찌푸렸다. 선체 손상 감지를 시작하는 명령어였다. 결괏값은 금세 나왔다. 0. 제로. 우주선은 도색이 미시적으로 벗겨진 것을 제하면 멀쩡했다. 폭발한 것은 오히려 불쑥 제 대가리를 들이민 쪽이었다.

"인공물 궤도 역추적 중⋯."

여자는 갈가리 찢어져 붉은 행성으로 쏟아져 내리는 금속의 우박을 바라보았다.

"위치 역산 보강. 이곳은 목표 천체와 인접한 행성."

정확한 공간좌표를 알면 물론 시간 좌표 또한 알아낼 수 있었다.

"⋯현지 공전주기 기준 약 30회 벗어남. 오차 거의 수정됨."

여자가 잠시 망설였다. 백에서 삼십, 그다지 나쁘지 않은 수치였다. 어쩌면 이동을 중지하고 느긋하게 기다리는 편이 더 나을 수도 있었다. 여기서 물질화를 반복하는 것은 지금까지 하던 것들과는 차원이 다른 수준의 정밀도를 필요로 할 것이었다.

"⋯테스트_04호 실패."

물론, 하려면 끝까지 완벽하게 매듭짓는 편이 뒷맛이 깔끔했다.

"잠시엔진 재가동."

"…타임스탬프 오류."

이번엔 다시 행성의 표면이었다. 우주선이 주변 환경을 읽어 들였다.

"현지 공전주기 기준 오차 범위 특정 불가."

하늘은 푸르고, 물로 된 흰 구름이 둥실둥실 떠다니고, 지면은 돌이 부서져 생긴 흙이고, 울창한 수풀이 우거진 가운데 나무들이 높게 솟아 있었다. 산소로 이루어진 역한 대기가 시시각각 행성의 모든 것들을 목 졸라 죽이고 있었다.

꽤 괜찮아 보였다. 지금까지는.

여자가 내려섰다. 땅에 발을 디뎠다. 그녀가 곧 우주선이고 우주선이 곧 그녀이기에, 누가 보았다면 처음부터 숲을 헤매던 붉은 머리칼의 그녀 혼자뿐인 것처럼 느꼈으리라. 후덥지근한 바람에는 환경 DNA를 포함한 복잡다단한 유기 생태계의 증거가 차고 넘치도록 있었다. 우주선은 두리번거리며 탐색 범위를 부풀리고 좁히길 반복했다. 그러던 도중 찾아냈다.

"인근에서 동적 생명체 탐지."

제자리에 가만히 못 박힌 식물들 대신 분명한 의사를 갖고 뚜벅뚜벅 움직이는 생물을.

"현지 정보 수집으로 전환."

여자는 잰걸음으로 거리를 좁혔다. 성큼성큼, 보다는 듬성듬성에 더 가까운 기이한 보법이었다. 진짜 다리와 발이 아니기에 빚어지는 위화감이었다. 그래도 속도만은 확실하여, 점차 무정형의 데이터가 아닌 생명체의 실제 모양새와 행동거지를 느낄 수 있었다.

"현지 생명체 특징: 신경절 발달. 이족보행."

어쩌면 마침내 오차를 0으로 만들었는지도 몰랐다.

"자유로이 쓸 수 있는 앞발. 좌우 대칭성 신체… 지적 생명체로 추정."

여자는 희망에 부풀었다.

"의사소통 가능성 매우 긍정적."

거리가 빠르게 좁혀졌다. 현지 생명체의 모습도 차츰 눈에 들어왔다. 처음엔 성냥만 하던 그 모습이 점점 커졌다. 여자의 무릎까지는 올 것 같았다. 허리까지는 올 것 같았다. 목덜미까지는 왔다. 꼭 같은 키가 되었다.

그러나 아직 거리가 조금 남아 있었다.

조금 더 다가가자 이제 여자보다 머리 하나는 더 클 것 같았다. 거기에 머리가 하나 더, 하나 더… 지척에 다다르자, 여자는 자신의 어깨를 밟고 올라간 자신의 어깨를 다시 밟고 올라가더라도 그것의 키를 따라잡을 수 없다는 사실을 깨달았다.

방패처럼 두꺼운 비늘이 햇살을 튕겨냈다. 바위로 빚고 강줄기로 벼린 것처럼 튼튼한 두 다리가 지면을 짓이겼다. 발바닥이 지나간 곳에는 커다란 삼지창 같은 낙인이 남았다. 손가락이 두 개 달린 손은 가까이서 보니 몸집에 비해 너무 작아 딱히 쓸모가 없어 보였다. 굵고 짧은 목과 그것이 떠받치는 펑퍼짐한 머리는 설령 폭풍이 불더라도 대자연의 투정쯤으로 흘려버릴 것 같았다. 그것이 시선을 내렸다. 사냥감을 좇기 위해 정면으로 몰린 시야가 한 번도 본 적 없는 가녀린 두발짐승의 모습을 담았다.

"상세 생체지표 불일치."

고개를 갸웃거리는 여자에게 그것이 입을 벌렸
다. 바나나만 한 이빨은 사냥감에 실제로 닿기도 전
겁먹은 그것의 살결이 알아서 길을 터줄 것만 같았
다. 동굴처럼 깊은 아가리에서는 썩은 고기와 피, 죽
음의 냄새가 풍겼다.

　"의사소통 가능성 다소 회의적."

　여자는 아랑곳하지 않고 조금 더 다가갔다.

　"대체 과정…."

　천둥 같은 포효가 일대를 집어삼켰다. 만화적 과
장을 곁들여 시조새 몇 마리가 소스라치게 놀라 날
아갔다. 한편 파충류에게는 성대가 없다는 사소한
과학적 트집보다 여자에게 중요한 것은, 당장 눈을
까뒤집고 달려드는 공룡을 상대하는 일이었다.

　힘을 푼 손가락을 하늘하늘 움직이며 그녀는 그
것의 입이 다물리는 광경을 내려다보았다. 공격을
피한 것이 아니었다. 물리적인 회피는 일을 아주 원
시적으로 다루는 방법 중 하나였다. 우주선과 여자
의 관계가 그러하듯 알기 쉬운 과정은 드러나지 않
았다. 본래대로라면 그녀 따위는 단숨에 두 동강 내
버렸을 턱이 닫히자, 어느새 여자가 유령처럼 떠올

© LEE SU JUNG

라 있던 것뿐이다. 그것이 사냥감을 좇아 고개를 들었다. 날갯짓도 하지 않고 상공을 노니는 이상한 짐승을 향해, 포식자의 작고 샛노란 눈이 요새의 총안구처럼 흉흉한 기운을 뿜어냈다. 침에 젖은 이가 번들거렸다.

물론 두 번째 기회는 없었다.

"적대행위 관측. 대응방위 요건 성립."

눈 하나 깜짝할 시간에 여자의 머릿속에서는 거대한 색인이 낱낱이 검색되었다. 대응방위라곤 하지만 알기 쉬운 총이나 폭탄 대신, 행성의 운동량이나 열 등 주위의 배경물리량을 제어하여 가장 파괴적인 형태로 적에게 내리꽂는 방법들이었다. 그녀 나름의 경험과 노하우에 기반하여 제작된 백여 개에 달하는 공격술 중 네 번째로 그녀가 고안해낸 이름, 내부 회로에 '폭굉'이라는 이름으로 저장된 유형의 에너지 제어가 시작되었다. 이 모든 것들을 그리고 구태여 입 밖으로 낼 까닭은 없었다.

사냥감에게 다시 입질하려던 포식자는 아무것도 느끼지 못했다. 그로부터 족히 반경 백 킬로미터 안에 있던 모든 것들이 그랬다.

폭발은 수억 년 단위로 쌓인 세월을 송두리째 도려냈다. 흙과 암반이, 지층과 지층이 경계를 잃고 뒤섞이며 과자처럼 부스러졌다. 흙은 삽시간에 증발하여 바람이 되고, 가장 굳세고 단단한 바위만 간신히 녹아내려 유리의 형태로 주위를 적셨다. 지각이 왕관 모양으로 뒤집혔다. 충격에 이끌려 솟은 먼지가 세상의 모든 낮을 집어삼켰다. 가히 지질학적인 규모의 밤이었다. 그러거나 말거나 여자의 머리털이 삐쭉 일어났다. 긴급한 오류가 수정되었다는 뜻이었다.

"타임스탬프 복구⋯."

사방이 죽음과 같은 색으로 어두컴컴해지고, 실제로도 극단적인 환경 변화를 이기지 못하고 매초 수천수만 마리의 생명체들이 명을 달리하는 동안, 여자는 내부 회로를 뒤져 원하는 결괏값을 수확했다.

"현지 공전주기 기준 약 6,500만 회 벗어남. 오차 범위 증가."

이번엔 굳이 테스트나 그것의 실패를 복창하지도 않고 여자는 모습을 감추었다. 서두른다기보다는 흡사 더 이상 뒤를 돌아보고 싶어 하지 않는 사람의 행동거지였다.

한편 난데없이 찾아온 밤에, 알껍데기를 갉작대던 설치류들은 잽싸게 굴로 도망쳤다.

"현지 공전주기 기준 약 200회 벗어남."

이번엔 어느 바닷가였다. 바위도 조금 있고 모래사장도 있고, 무엇보다 사람들이 있었다. 두 팔 두다리에 적당히 길고 물건을 잡기 편해 보이는 손가락. 저희끼리 주고받는 음성적 의사소통. 거기에 남루하게나마 의복까지 걸친 것으로 보아 누가 보더라도 지적 생명체였다. 다만 이제 타임스탬프가 고쳐진 관계로 굳이 대화를 시도할 이유는 없었다.

"오차 다시 좁혀짐…."

기이한 행색을 한 그녀를 둘러싸고 사람들이 웅성웅성 몰려들었다. 하나같이 그물 따위의 어구를 옆구리에 끼고 있었다. 여자는 그들의 시선이 힐끔 자신을, 그리고 속이 빈 열매처럼 바다를 떠도는 우주선을 번갈아 보고 있는 것을 알았다. 좋은 징조는 아니었다. 여자가 곧 우주선이고 우주선이 곧 여자일진대 본질적으로 다르지 아니한 두 객체가 타인에게 각각 동떨어진 사물로 인지된다는 것은, 여자를 이루는 계의 총체성이 손상되어 적절한 표상을 드러내지 못하고 있다는 뜻이었다. 이것을 들어 '상처받았다'라고 굳이 표현하고 싶거든 그것은 듣는 이의 마음에 달려 있었다.

"잠시엔진 재가동, 아니면…."

알아들을 수 없는 말을 듣고 어부들은 고개를 갸웃거렸지만 여자로서는 그런 것까지 신경 써줄 겨를이 없었다. 상자를 소중히 끌어안은 채…

★

"상자?"

아이가 물었다.

"갑자기 무슨 상자? 그런 게 있었어?"

"지금은 그게 중요한 게 아녜요."

여자가 대답했다.

"좀 기다려봐요."

★

…여자는 고뇌했다. 남은 길은 기본적으로 두 가지였다.

잠시엔진을 쓰지 않고 재래식으로 시간을 유영한다. 말하자면 공전주기 200번의 공백이 채워질 때까지 어딘가에 궁둥이를 붙이고 기다린다. 확실하지만 느리고 고통스러운 길이 될 것이었다. 다른 것은 이때까지 줄곧 하던 일. 잠시엔진을 켜서 오차범위가 0에 다다를 때까지 이동을 반복한다. 불확실하지만 즉각적인 피드백이 적어도 돌아온다. 손톱을 깨물며—복수의 선택지가 첨예하게 대립할 때 프로시저를 정돈하기 위한 행동이었다—여자는 고민했다. 태양이 하늘의 더 높은 곳까지 기어오를 무렵, 그녀는 결심을 굳혔다.

곧 어부들은 알 수 없는 배를 타고 떠나가는 마찬가지로 알 수 없는 여자를 보았다. 기묘한 배가 그 자리에서 하늘로 솟구쳐 올랐다면 그야말로 혼비백산했겠지만, 그들로서는 역시 알 수 없는 인지체의 농간을 거친 끝에 배는 물에 뜬 채로 얌전히 부유했다. 속이 빈 배, 여자 한 명을 태운 이상하게 생긴 배는 송곳처럼 똑바른 물살을 만들며 자꾸자꾸 작아졌다. 그렇게 수평선을 넘어 얌전히 자취를 감추었다.

여기까지가 최소한의 배경이었다. 그러면

＊

이제, 오늘 아침부터 있던 일이다.

＊

"…그래서."

아이가 눈썹을 꿈틀거렸다.

"그게 네 이야기라고?"

아이는 반신반의, 실은 반은커녕 1할도 믿지 않는 투로 되물었다.

"그럼요, 사용자님."

여자가 말했다. 그러다가 코피라도 나는 듯 고개를 돌연 쳐들고선.

"후후."

그녀의 입에서 나온 것은 웃음소리가 아니었다. 정말 활자로 또박또박 적힌 '후후'였다.

"지금의 제 인간미 넘치는 모습과, 냉혹한 전투병기 시절이 잘 매치가 안 되지요?"

"냉혹한… 뭐?"

아이는 질색한 표정으로 그녀의 머리끝부터 발끝

까지를 훑었다.

"냉혹한 게 아니라, 머리에 든 게 없어서 썰렁한
거 아니야?"

"이백 년 기다리다 보면 성격이 좀 달라질 수도
있죠?"

*있죠?*라고 그녀는 말했다. 아니 물었다. 본인도
자신이 없는 건지 아니면 당신 생각에도 그렇지 않
으냐고 은근한 상식의 압력이라도 기대하는 듯이.

"하룻밤이면 만리장성도 쌓는데요."

"만 리든 천 리든 조용히 좀 해봐."

아이는 그녀가 자신의 말에 조금도 귀 기울이지
않는다고 생각하면서도 말했다. 잠자코 있었다간 왠
지 그녀가 '침묵은 긍정이다.'라는, 사실 그 안에 틀
린 구석이 옳은 구석보다 몇 곱절은 더 많은 격언을
꺼내 들 것 같은 까닭이었다.

"생각 좀 해보게."

"무뚝뚝한 것까지 포함해서 상상한 그대로시네요."

여자가 고개를 끄덕였다.

"역시 사용자님 맞으세요."

사용자라니, 유저(user)를 말하는 걸까. 그 호칭

도 의뭉스럽기 짝이 없었다. 그것부터 확실히 짚고 넘어갈까 아이가 문득 생각하던 차에…

"음."

…여자는 난데없이 자기 눈꺼풀을 붙잡고 위아래로 크게 벌렸다.

"생각한 것보다 눈은 좀 작지만요."

"갑자기 뭔 인종차별이야?"

여자가 유창하게 우리말을 하긴 하지만, 대뜸 눈을 째는 도발적인 제스처 따위를 해버렸다면 외국인이라고 생각해도 위화감이 없었다. 그만큼 이국적인, 아니 어쩌면 이질적인 생김새를 그녀는 하고 있었다.

자세한 묘사는 조금 더 뒤에 그 기회가 올 테지만.

"이백 년을 기다렸다고."

아이는 여자와 눈을 맞추고 물었다.

"라고 아까 이야기 속에서도 얼추 그랬지."

"맞아요. 좁고 축축한 해저산맥에 처박혀 내내 기다렸지요."

여자가 독백하듯 말했다.

"하늘의 별과 달과 태양이 올바른 배열을 나타내기만을."

그냥 시간이 다 될 때까지 기다렸다는 말 아닌가⋯.
아이는 생각했다.

"그동안 뭘 했는데?"

"열심히 공부했지요."

아이는 심드렁하게 다음 말을 기다렸다. 그리고 그
녀의 반응을 보건대, 아무래도 그런 표정을 감추는
데 실패한 모양이었다.

"전기선 속을요."

여자가 한층 더 극적인 톤으로 말했다.

"이백 년 뒤의 사용자가 될 분을 만나려고요!"

아이는 바다에서 터벅터벅 걸어 나온 이상한 여
자의 말을 자신이 얼마나 진지하게 생각하는지, 또
는 그래야 하는지 알 수 없었다. 다만 전기선 속을
공부했다는 건 무슨 소리일까. 갑자기 SF틱한, 아니
이렇게 말해버리면 진짜 SF 마니아들을 분노케 할
법한 그런 '-틱'한 발언이었다. 아이는 여자가 해저산
맥에서 기다렸다고 한 것을 떠올렸다. 심해에 전봇대
같은 게 따로 없는 이상 그곳을 지나는 전기선이라
면 대륙과 대륙을 잇는 두꺼운 케이블이다.

그걸 들여다보면서 세상에 대해 배웠다는 것일까.

"그다지 잘 배운 것 같지 않은데."

"사용자님도 참, 무슨 소리세요!"

여자가 질색하며 말했다.

"책의 표지만 보고도 그 내용을 알 수 있던가요."

아이는 자기가 그저 바닷바람 맞으며 집 근처 해변을 산책하려던 것뿐이라고 생각했다. 그 계획표의 어느 구석에도 지구 바깥에서 찾아온 무언가를 만나려고 비워둔 일정은 없었다. 그보다 그게 당연한 건가? 외계에서 온 살아 있는 우주선이 자그마치 이백 년을 심해에서 기다렸다가 바로 지금 이 순간 자신의 눈앞에 나타났다고. 그 무언가는 그런데 사람의 모양을 하고 있고. 무엇 하나 말이 되는 게 없었는데도 지금의 자신이 꼬치꼬치 그녀에게 질문하는 모양을 보면, 이미 그 모든 것을 사건의 공리이자 전제조건으로 태연자약하게 덮어버린 태도가 아닌가.

아이는 여자의 모습을 다시금 찬찬히 뜯어보았다.

자기 입으로 묘사한 예전 모습은 우주선과 연결된 유령 수준이었지만 지금은 달랐다. 발을 동동 구를 때마다 백사장에는 똑바로 발자국이 생겼다. 젖은 머리칼이 몸의 윤곽을 따라 착 달라붙어 있었다. 몸에선 짠 물이 뚝뚝 흘러내려 연신 모래를 축축한 빛으로 물들였다. 진줏빛 살갖은 도기처럼 매끈하고, 이목구비도 비례에 어긋나는 부분이 없이 잘 여물었다. 그러나 가장 눈길이 가는 곳은 따로 있었다. 머리카락, 아니 체모의 색이다.

가령 그 눈썹부터가 빨간색이다. 붉은 기가 도는 자연 갈색처럼 미용사와 어영부영 타협하는 색이 아니라, 완전 새빨갛다. 그렇다고 맑은 다홍색이라든가 중후한 장미색처럼 딱 대유할 수 있는 자연적인 색도 아니다. 가히 붉은색 중의 붉은색. 토마토, 체리, 수박 속살 등 어째 과채류밖에 안 떠오르긴 하지만 아무튼 어떤 붉은색을 섣불리 갖다 붙이더라도 순식간에 무채색처럼 만들어버릴 만큼 원초적이고 적나라한, 다른 모든 붉은색을 도리어 배척해버릴 듯 강렬한 붉은색이다. 보고 있자니 화염의 냄새가 어디선가 풍겨오는 듯했다.

치렁치렁 늘어진 머리칼도 물론 같은 색이었다. 그 머릿결은 면도날을 긋더라도 흠 하나 안 잡힐 만큼 윤기가 흘렀다. 여자 본인이 꽤 아담한지라 그 풍성

한 숱과 길이가 더욱 눈에 띄었다. 마치 사람의 인상을 위해 머리가 있는 게 아니라 머리 스타일을 위해 나머지 신체를 갖다 붙였다는 얼토당토않은 생각까지 들 만큼.

걸친 옷은 너무 이질적이라 더 할 말이 없었다.

선녀—일단 하늘에서 내려왔으니—가 입는 옷은 원래 바느질 자국이 없다고들 하지만, 여자의 옷가지는 팔다릴 꿸 구멍만 빼고 전부 이어져 있을 뿐만 아니라 그 질감조차 도무지 천인지 금속인지 가죽인지 돌멩이나 나무껍질인지 분간할 수가 없다. 하늘하늘한가 하면 번쩍번쩍하고, 보들보들한가 하면 거칠거칠하다. 어쩌면 애초 물리적 실체가 없는 것. 아까 전기선과 연관 지어 SF에서 흔히 나오는, 형상을 갖출 정도로 압축된 에너지의 장(場)인지 몰랐다.

아이는 이것 또한 SF 마니아들이 들으면 격노할 말이라고 생각했다.

하긴, 이런 사람이 대뜸 바다에서 나왔는데, '난 평범한 인간입니다.' 하면 오히려 이상하겠지. 아이는 어느새 우격다짐으로 수긍해버렸다. 그리고 앞으

로 그런 일이 자주 있을 것만 같다는 불길한 징조가
들었다.

"그나저나, 아까부터 계속 물어보려고 한 건데."

아이가 손을 내저었다.

"네가 너무 당연하게 말해서 일단 넘어간 것부터
좀 물어보자."

"안 아프게 살살 물어주세요."

"아까부터 사용자님, 사용자님 거리는데, 내가 네
사용자야?"

아이가 어깨를 으쓱거렸다.

"왜?"

멍청한 질문이라도 가만히 있는 것보다 낫다고는
하지만, 역시 질문을 들은 사람의 표정을 보면 괜히
나서서 내 평가를 깎아 먹었구나 싶은 순간이 이따
금 있기 마련이었다.

"그야 제가 무기니까 그렇죠."

아이에게는 지금이 그랬다.

"무기는 그리고 누군가 사용하는 거니까요."

말하며 팔을 붕붕 휘두르는 그녀.

"여태까지 계속 이야기했는데. 뭘 들은 건가요?"

이곳저곳을 누비며 온갖 민폐를 다 끼치고 다닌 일을 말하는 건가. 아이는 생각했다. 한편으로 무기가 하는 일이라는 게 결국 통제된 민폐를 통제된 목표에 쏟아붓는 일이니, 나름 정확한 설명일까.

"아무튼, 적은 어디에 있죠?"

여자는 눈두덩에 손을 대곤 발돋움까지 해가며 주위를 살폈다. 파도가 이제 그만 좀 하라는 듯 그녀의 발목을 후려쳤지만 신경도 쓰지 않는 것 같았다.

"무슨 적?"

아이가 물었다.

"당연한 것 아니겠어요? 무기인 제가 이곳에 왔으니 적이 있죠!"

여자는 기대에 부푼 눈빛으로 말했다.

"갑자기 나타나 평온한 일상을 망가뜨리고, 주변이 도저히 받아들일 수 없을 만큼 급진적인 차림새로 자신만의 급진적인 사상을 강요하는 그런 존재가—."

"지금 내 앞에 하나 있는데."

"뭐, 없음 말고요."

여자는 그런 하찮은 끼어들기를 이미 예상하고 있었다는 듯 빠르게 태도를 바꾸었다. 그러면서도 고개를 갸웃거리며 말하기를.

"근데 이상하네요?"

그녀의 입은 무의식적으로 나와야 할 탄식마저도 타자기로 찍은 것처럼 들리게 만들었다.

"진짜 있을 텐데, 적."

"왜 그렇게 확신해?"

아이가 물었다.

"그냥 너 혼자 착각한 걸 수도 있잖아."

솔직히 그게 가장 타당한 가설 같거든. 아이는 생각했다.

"음. 그럴까요? 아닌데."

메트로놈처럼 까딱거리는 옳고 그름의 안에서 여자의 눈길이 떠돌았다.

"애초에 적이 없으면 전 파견되지 않아요. 그게 임무니까."

자신이 무기라고 했으니, 그걸 어딘가로 보내는, 아니 '파견'씩이나 하시는 분들도 따로 있다는 소리 인가.

"적이 항상 맘씨 좋게 정체를 드러낸 채 활약해 주는 건 아니지요. 아직 숨어 있나 봐요?"

왜 자기한테 묻는지 모르겠지만, 아이는 일단 고개부터 끄덕여주었다.

"괜찮지요 뭐. 단숨에 뿌리 뽑기에는 그게 더 낫지 않나요?"

아이는 반사적으로 또 고개를 끄덕였다…. 실상 두 질문 모두 대답은커녕 잘 알지도 못하는 이야기들인데.

"어쨌든 좋아요. 적이 아직 안 나타났다면 조금 더 기다려보죠."

아이는 여자가 어깨너비로 발을 벌리고 팔짱을 끼는 것을 바라보았다.

"그것보다 적이 있다는 건 기본적으로 도와야 할 아군 진영이 있다는 거니까, 음."

그리고 그 확신에 찬 끄덕거림. 아무래도 무언가 큰 결심을 한 것 같았다.

"다른 일을 좀 할 수 있겠는걸요."

"어떤 거?"

일단 빈정거리지 않는 것은, 여자가 자기 일 이야기를 하자 그래도 제정신이 박힌 사람처럼 보이기 시작한 까닭이었다.

실은 제정신도 사람도 아닐 테지만.

"글쎄요. 사용자님한테 도움이 좀 되는."

아이가 인상을 찌푸렸다. 그리고 한발 늦게 여자
가 그것을 보았다.

"…표정이 왜 그래요?"

"너 무기라며? 지금도 계속 그럴 거고."

아이 스스로 생각해도 말이 안 되지만, 말이 되
는 상황이 아니니까 훨씬 더 말이 안 되는 전제도
도리어 말이 된다고 생각해보면…. 그거야말로 정말
말도 안 되는 상황이자 합리화였다.

"무기가 뭘 어떻게 돕겠다고 그래?"

"원래 전쟁 병기도 평상시에 퍼레이드 같은 걸 하
잖아요? 그런 거죠."

말은 그렇게 하지만 사용자라고 꼬박꼬박 부르던
게 허투루 그런 것은 아닌지, 여자는 살짝 곤란해하
는 것 같았다. 자신이 '쓸모없을' 수도 있다는 말에.

"저한테 탑재된 기능을 응용하여 이것저것을 할
수 있어요. 비를 내리게 한다든가."

"정말?"

아이의 마음이 조금 동했다. 수치로 따지면 깎아

지른 산이 겨자씨만큼 움찔거린 정도지만.

"그런 것도 할 수 있어?"

여자가 그러자 명랑만화에서나 나올 법한 모양새로, 구부린 엄지로 자기를 가리키며 가슴을 폈다. 거기에 콧방귀까지 뀌면 화룡점정일….

"흐흥, 물론이죠."

후후, 와 마찬가지로 '흐흥' 또한 또박또박 찍혀 나오는 소리였다.

"가뭄이든 홍수든 전부 대기 입자의 밀도에 달린 것! 제가 마음만 먹으면 당장 바꿀 수 있습니다."

그 자세에서 풍기는 자존감이 하늘을 찌르는 나머지 아이는 손뼉이라도 쳐버릴 뻔했다.

"다만 부작용으로 우박이 좀 내릴 수도 있어요. 응결핵 제어가 어려워서요."

"'좀'이 어느 정도인데?"

"자동차 타이어만 한…."

여자는 아이의 표정을 보고 알아서 주제를 돌렸다.

"그것 말고도 이 행성의 평균 기온을 좀 낮출 수도 있어요."

"기온은 또 몇 도?"

아이는 저도 모르게 혀를 차고 있었다. 그러나 깨달은 뒤에도 행동을 고칠 생각은 들지 않았다.

"보나 마나 '좀'이 한 삼십 도쯤 되고 그러는 거 아냐?"

"사용자님, 절 대체 뭘로 보시는 거예요?"

아이는 굳이 입을 열지 않았다, 그녀를 위해서.

"일 도랍니다."

여자가 손가락을 쭉 폈다.

"일, 이, 삼, 할 때 그 일."

"어, 괜찮은데?"

진심이었다. 지구의 온도가 지난 백 년 동안 1도 조금 넘게 올라갔는데 그게 자연의 자정 능력을 넘어버렸다고들 뉴스에서 난리이지 않은가. 그런데 눈앞의 그녀가 온난화에 제동을 좀 걸어주면 나쁜 계산은 아닐 것이다. 처음으로 그나마 들어볼 만한 주제였다.

"0 밑으로요."

"어?"

"영하 일 도요. 평균 기온을…."

"그래. 그러시겠지."

마찬가지로 그사이 덩달아 익숙해진 듯, 자신을 향한 아이의 실망에 여자 또한 실망하지 않았다. 대신 두 팔을 쫙 뻗었다.

"어쩔 수 없군요, 보여드리겠습니다!"

"뭘? 빙하기를?"

아이는 여전히 심드렁한 표정을 감추지 않은 채로 손을 휘저었다.

"하지 마. 누구 죽을 일 있어?"

사실 이때까지만 해도, 아이가 바라보는 그녀는 애초에 진지한 검증의 잣대를 들이댈 필요가 없는 장난에 가까웠다.

"어?"

어쨌든 차림새도, 걸어 나온 배경도 '나는 평범하지 않다'고 안간힘을 다하고 있는 이상한 사람. 그러니 같이 어울려주려거든 자기 자신도 평소와는 조금 다른 생각의 궤도에 오를 수밖에 없는, 딱히 가까워지고 싶지 않은 지인과 나누는 흰소리처럼 획획 넘겨버리면 그만일 순간.

"너 지금… 발이."

아이 눈앞의 그녀는 그러나 이제 떠오르고 있었다.

아무리 봐도 그랬다.

"이거 뭐… 몰카?"

잽싸게 주변을 살폈지만 그 어떤 고정할 수 있는 지지대나 와이어 따위도 없었다. 그런 것을 하기에는 주변이 너무 텅 비어 있었다. 그녀는 방금까지 계속 까불거리며 떠들던 그 모습 그대로 둥실둥실 떠오르고 있었다. 발바닥에서 모래가 푸수수 떨어졌다.

"괜찮아요, 안 죽을 거니까."

뭐가? 아, 빙하기. 아이는 허겁지겁 대화의 트랙에 올라타느라 애를 먹었다.

"너 말고!"

본디 천천히 숙고해야 할 천변지이를 허겁지겁 체할 것처럼 받아들임과 동시에, 마찬가지로 그녀가 빙하기 운운한 것 또한 이제 고스란히 믿게 되었다. 믿을 수밖에 없었다. 그런 처지가 되어있었다.

"사람들이 죽을 거 아냐!"

아이는 자기가 생각해도 너무 크고 절박하게 소리 질렀다.

"에고, 사용자님 이야기는 아니에요. 물론 동족들

도 그렇고요."

여자는 고개를 들어 머리 위로 모인 먹구름을 바라보았다.

"아무도 안 죽을 거예요."

먹구름이 모여들었다. 아니 다른 어디에서 끌어오는 대신 허공에서 마구 생겨났다. 가만히 보면 있는 그대로의 하늘이지만 잠시 한눈을 팔면 뭉글뭉글 거인의 주먹처럼 된 모루구름들이 있었다.

"아주 작게, 여기에만 살짝 뿌려볼게요."

그런 배경을 등지고 홀홀 떠오른 여자는 감히 성스러워 보였다.

"제가 뭘 할 수 있는지 *보려드여야겠어요!*"

"너 방금 혀 꼬였지?"

아이는 거센 바람을 견디며 소리쳤다.

"그런 것도 제대로 못 하면서 뭘 날씨를 바꿔?"

방방 악을 쓰는 아이는 내버려두고, 위편을 올려다본 여자가 히죽 웃었다. 구름들은 이제 바짝 잡아당긴 고무줄처럼 팽팽한 긴장을 머금고 있었다. 금방이라도 뭔가 일어날 듯 위태로운 분위기가 풍겼다.

"자, 그럼."

양팔을 쳐든 그녀의 자세는 흡사 신에게 기도를 올리는 사제라도 되어 보였다.

"여기에 보슬비만 살짝…."

푸휴우우.

난데없이 그런 맥 빠지는 소리가 났다. 아이는 고개를 들었다. 여자도 고개를 들었다. 이미 들고 있었지만 또 들었다. 그 정도로 소리는 크고 뜬금없었다. 풍선 일천 개, 일만 개에서 동시에 바람을 빼면 그런 소리가 날까.

"엥, 어라, 어라."

공중에서 발을 동동 구른다는 것이 충분히 가능한 일임을 그녀는 보여주었다.

"어라?"

아이는 기세등등하게 집적된 구름이 힘을 잃고 흩어지는 것을 보았다. 커봤자 한 아름에 충분히 들어오는 고무풍선과 달리 구름들은 더 천천히, 그래서 더 안타까운 모양으로 스러지고 있었다. 동시에 검은 연기, 마치 자동차 꽁무니에서 꾸역꾸역 뱉는 그것과도 같은 연기가 여자의 주변을 휘돌았다. 낮은 에너지 효율 혹은 실패의 암시를 담은 불완전연소의 빛.

"어라?"

"어라?"

"어라?"

"어라?"

둘 중 누군가가 나서지 않으면 둘 다 평생 그 소리
만 반복하고 있을 것만 같았다.

"야, 너 괜찮아?"

그래서 아이가 먼저 나서 연쇄를 끊었다.

"어디 안 좋아?"

"이, 이, 이상하네요."

여유가 없어서 그런가, 확실히 어딘가 몰린 듯한
말투로 여자가 대답했다.

"이게, 왜, 왜 이러지?"

"방해요인 검색 중."

말은 꼭 다른 사람의 입에서 나오는 것 같았다. 그
러나 스스로를 우주선이자 여자, 여자이자 우주선으
로 밝힌 그녀가 아니라면 그런 말을 입에 담을 수 있
는 사람은 이 자리에 아무도 없었다.

"탐색 범위 축소, 축소, 축소⋯."

낙엽처럼 비틀거리며 서서히 여자는 땅에 내려섰다.

"…탐색 완료."

결과는 금방 나왔다.

"최소 안전 반경 안에 에너지변환기 10,000,000 객체 이상?"

경악과 두려움, 혼란이 삼분지 일씩 뒤섞인 눈빛으로 그녀는 외쳤다.

"사용자님? 이게 어떻게 된 일인가요?"

말하는 도중 와락 덤벼드는 통에 아이는 하마터면 균형을 잃고 같이 넘어질 뻔했다.

"힘이 안 모여요, 에너지 제어가 막혔어요!"

여자는 작은 체구와는 어울리잖게 아이의 갈비뼈를 짓눌렀다. 등 뒤로 감싸인 양팔은 기름칠한 곰 덫 같았다.

"일단 놓고 이야기해. 알아듣게 말해야 할 것 아냐!"

그렇게 한 걸음 한 걸음씩, 아이는 여자의 말을 분해했다.

"최소 안전 반경이 뭔데? 얼만데 그게?"

"…여기 단위로, 백오십 킬로미터예요."

"넓기도 하네."

아이는 여자가 우렁차게 코를 먹는 것을 지켜보았

다. 여자이자 우주선의 콧물은 뭐로 이루어져 있을까.

"넓기도 하네."

똑같은 말을 중얼거리며 아이가 생각을 정리했다. 즉 반경 150킬로미터 안에 뭐가 많아서 이 사달이 났다는 것이다.

"에너지변환기는 또 뭔데?"

"그, 그건."

눈시울을 붉힌 채 말을 더듬는 그녀에게서 방금 오두방정을 떨던 모습은 찾아볼 수 없었다.

"여기 말로는, 대충, 원동기예요."

"…그게 정확히 뭔데?"

원동기라는 단어를 처음 들어보는 건 아니지만, 보통은 '원동기 면허' 따위에서 대충 오토바이의 동의어로 쓰이는 식이다. 그렇다고 반경 150킬로미터 안에 오토바이가 천만 대 있다는 뜻일 리는 없지 않은가?

"하, 학교, 안 나왔어요?"

"갑자기 웬 인신공격?"

여자가 몸을 뺐다.

"학교에서, 배울, 텐데요. 원동기."

이어진 설명은, 간헐적으로 울먹임에 잡아먹힌 부분을 빼면 대략 이런 식이었다─원동기라는 잘 들어맞지 않는 예시는 제쳐두고서라도, 에너지변환기란 말 그대로 특정 에너지원의 열량을 다른 종류의 에너지로 변환하는 목적의 인공장치다. 가령 자동차 속 엔진은 석유의 화학에너지를 크랭크의 운동에너지로 바꾸고. 헤어드라이어 속 열선은 도선의 전기 에너지를 열에너지로 바꾼다.

"그런 게 다 에너지변환기야? 그러면 많을 만도 하네."

아이는 별생각 없이 주머니에서 휴대전화를 꺼냈다. 작금 처한 상황에 비하면 디스플레이에 떠오르는 익숙한 날짜와 시각, 익숙한 잠금 화면이 차라리 더 비현실적으로 보였다.

"이것도 배터리 쓰니까⋯."

"파괴해도 돼요?"

양해를 구하는 게 아니라, 점심시간 친구가 별로 안 좋아하는 반찬을 대신 처리해줄까 묻는 뉘앙스였다.

"아니!"

"하지만, 간섭 요인이 하나 사라지면 제어 효율이 조금 올라갈 수도 있어요."

이쯤 오면 퍼즐처럼 말의 조각을 맞춰야 했다. 근처에 에너지변환기가 너무 많아서 문제가 된다. 그것이 무언가에 간섭한다. 자신의 에너지 제어가 막혔다고도 했다. 그런 느낌인가? 근처에서 다른 에너지원의 인공적인 전환이 이루어지면, 자기가 간섭할 수 있는 파이가 줄어버리는?

"아아, 너무 많으면 효율이 떨어져버려요…."

여자가 투덜거리며 훌쩍이기 시작했다. 아니면 훌쩍거리며 투덜거리든가.

"마지막으로 확인했을 때는 거의 하나도 없었는데. 이대로면 힘을 끌어오는 대신 제 힘을 오히려 쏟아부어야겠어요."

"그냥 궁금해서 물어보는 건데."

아이는 휴대전화를 확실히 주머니에 격납하고 나서 물었다.

"원동기 하나 사라지면 효율이 '좀 올라간다.'에서 '좀'이 얼마야?"

"계산이 좀 필요하겠는걸요. 사용자님의 머리칼

중에서⋯."

여자가 물끄러미 자신을, 아니 자신의 시선을 지나쳐 이마 위편을 응시하는 광경은 조금 불편했다.

"가장 긴 거랑, 열여덟 번째로 긴 거의 차이만큼 나아져요."

"⋯그래."

그래 봤자 남자 머리카락이 차이가 나면 얼마나 날 것인가 싶으면서도, 1위와 18위라는 짐짓 동떨어진 숫자에서 오는 이질감. 아이는 여자가 정확히 어떤 의도로 머리카락의 예시를 들었는지 알 수 없었다.

"얼추 보니, 사용자님의 가장 긴 머리카락은 총 열여섯 개거든요."

아이는 미간을 부여잡았다. 잠시 샛길로 빠진 것도 분하지만 그녀의 '좀'이 갖는 폭넓은 기준—어느 때는 자동차 타이어, 다른 때는 광학현미경을 동원해야 할 정도의—을 따라가기 힘들었다.

"됐어. 그럼."

아이가 손사래 쳤다.

"날씨 바꾸는 거고 뭐고 그냥 있어."

여자는 그나마 좀 제정신을 차려서인지, 뜨거운 눈물로 반죽된 아이를 순순히 제 품에서 놓아주었다. 아이가 뒷걸음질 치며 거리를 벌렸다.

"아무것도 못 할 거면. 나는 이제 그만."

습관적으로, 무심결에 첫마디를 뱉어놓곤 그게 왜 어쩌자고 나왔는지 곱씹게 되는 말들이 있다. 누구에게나 처음도 끝도 아닐 이런 순간 중의 하나가 지금 아이를 찾아왔다.

나는 이제 그만. 그리고 뭐? 아이가 생각했다.

돌아갈까?

원래 바닷가에 잠깐 산책을 나왔고 지금 산책을 다 했으니. *안녕, 넌 여기 있어. 난 집에 갈게.* 이 살아 있는 우주선이자 외계인의 무기를 이 꼴 그대로 남겨두고? *오키오키. 잘 가용.* 아이의 머릿속에서 떠올릴 수 있는 그 순간의 인사말은 그 정도로 어처구니없는 것뿐이었다. 왜냐하면 여자가 가만히 있을 리가 없기에.

그렇다고 해서 대뜸 그녀와 동행하는 것도 선뜻 고를 수 있는 선택지는 아니었다. 일면식은커녕 몸에 붉은 피가 흐르는지도 알 수 없는 기이한 존재를 데리고 어딜 어떻게 돌아다녀야 할까? 어쩌면 집에 까지 데려가야 할까? 왜? 그게 자기를 '사용자님'이라고 부르며 살갑게 구니까? 천만다행으로 마침 집에 아무도 없다지만, 이 놀랍게도 편리한 설정 같은 사정이, 사정 같은 설정이 너무 상황과 잘 맞물려서 도리어 더 꺼려졌다.

"주변에 간섭 요인이 너무 많으면 제 효율뿐 아니라 기능 유지에도 부담이 돼요."

뼈마디가 쑤시는 노인네처럼 손목을, 무르팍을 쓰다듬으며 그녀는 이쪽을 힐끔 건너다보았다.

"그래서?"

비정하게까지 보일 필요는 없겠지만 최대한 무관심한 어투로 아이는 응대했다.

"그래서어, 전 지금 누군가의 도움이 굉장히 필요한 상태인 것 같은데요."

생각해보면 원동기가 천만 개 있던 것은 해변에 발을 디딘 직후에도 지금도 똑같았을 텐데. 가증스럽게도 그녀는 한발 늦게 병약한 척을 하고 있었다.

"그렇구나?"

아이의 반응이 시원찮은 것인지, 그녀는 아이가 태어나기도 전 시대의 순정만화처럼 이마에 손을 얹고 비틀. 모래에 엉덩방아를 찧으며 주저앉았다. 인어공주처럼 다리를 곱게 한쪽으로 모은 그 저의마저 다분히 작위적이었지만.

"사용자님, 도와주실 거죠?"

"갈게."

"네?"

어떻게 떼어낼까 고민하던 차에 알아서 못 움직이겠다고 해버리니 아이에게는 오히려 다행이었다.

"가지 말아요!"

안 가면 뭘 할 수 있을까. 데리고 어디 TV 쇼나 나갈까. 아이는 생각했다. 그리고 영화 같은 곳에서 뭔가 기이한 것, 신기한 것과 마주친 주인공들의 일견 시시껄렁한 반응―무시하고, 잊으려 발버둥치고 남에게 떠넘기려고까지 골몰하는―이 비로소 이해가 되었다. 외계의 살아 있는 우주선이라니. 그걸 그리고 내 생활의 한복판에 들여놓아야 한다니. 남들로부터 감추면 어떻게 감출 것이고, 드러내면 또 어떻게 드러낸단 말인가?

"뭐 로또 번호라도 좀 물고 오지 그랬어…."

"네? 뭐라고요?"

들으라고 한 말은 아니었다만, 계속 이야기를 나누다 보면 저도 모르게 정이 들겠다고 아이는 생각했다. 그래서 발걸음을 더욱 재촉했다. 오늘의 해변과 거기서 만난 여자의 기억 그 자체에 등진 채 뚜벅뚜벅 망각의 발자국을 새기고 없애다가… 불현듯, 주위가 계절에 맞지 않게 꽤 서늘하다는 생각을 했다.

아침이고, 바닷가라는 것까지 감안해도 말이다.

아이가 고개를 들었다. 어느새 하늘이, 그리고 그것을 불완전한 거울처럼 되쏘는 백사장이 회반죽처럼 우중충한 색을 띠고 있었다. 그리고 서서히 먹구름이 돌아오고 있었다. 이전보다 더 크게, 높게, 그리고 위협적이게. 똘똘 뭉친 그 시커먼 장막 속에선 배를 곯은 짐승처럼 낮게 으르렁거리는 소리가 튀어나왔다.

"이게 지금, 야."

"네?"

다시 자신에게 돌아온 아이를 보며 여자가 반색했다.

"협박하는 거야 뭐야."

"협박이요?"

"다 원래대로 돌려놔."

아이는 하늘을 가리켰다.

"괜히 또 벌려놓지 말고."

"아, 저거요?"

뻔뻔하게도, 직접 날씨를 조종한 지 얼마나 되었다고 여자는 시치미를 떼고 있었다.

"저건 제가 한 게 아닌데요."

아이는 한숨을 푹 쉬었다. 아무래도 한때 사용자 소리를 듣던 몸으로 따끔하게 질책해야겠다고 마음을 먹는 순간.

"이제 그만 숨어 있기로 했나 봐요."

숨어? 숨긴 뭘 숨어? 무슨 이야기지? 아까 비슷한 소리를 했었나? 우글우글 든 건 많았지만 정작 밀도는 한없이 낮은 둘의 대화, 라기보다는 여자 일방의 장광설을 아이는 거슬러 올랐다. 원동기, 패스. 날씨를 바꾼다, 패스. 여기 온 목적. 적이 있다. 안 보인다. 아마 숨어 있을 거다. 라고 말한 것이.

자신이 이곳에 파견된 이유는 적이 있기 때문이다.

그 적이 이제 그만 숨어 있기로 했다.

물끄러미, 아이는 자기가 무슨 표정을 지었는지 알지 못한 채로 먹구름을 우러러보았다. 구름은 계속해서 불어나 이제는 모루구름이니 적란운이니 하는 어떤 기상분류에도 맞지 않을 무시무시한 모양새를 하고 있었다. *꽈르릉. 번쩍.* 얼씨구, 이제는 아예 교과서적인 천둥 번개까지 치기 시작했다.

"이게, 그 '적'이 만드는 거라고…?"

슬금슬금 주변을 살폈지만 이상한 것은 안 보였다. 물론 화창하던 하늘이 갑자기 우울증 걸린 거인의 미간처럼 찌푸려지긴 했지만, 적어도 여자처럼 눈에 띄는 기이한 것은 없었다. *꽈르릉, 번쩍.* 여자가 자리를 털고 일어났다. 주위를 두리번거리며 인상을 썼다.

"저, 저기."

"잠깐만요, 사용자님."

꽈르릉, 번쩍.

"조금만 집중할게요."

그렇게까지 진지한 표정과 태도. 불쑥 아이의 마음속에서 또다시 의심이 고개를 들었다. 혹시 *그냥*

59

분위기를 잡는 것 아닐까? 아픈 척을 하자니 안 먹히고, 결정적인 순간이 온 것처럼 꾸며서 대충 자기를 따라오려는.

꽈르릉, 번쩍.

"음. 그렇게 똑똑한 적은 아닌 것 같아요."

여자가 대수롭지 않게 말했다.

"날씨도 똑바로 만들질 못하니."

꽈르릉, 번쩍.

"혹시 네가 뭔가 착각한 것 아닐까?"

아이가 물었다. 부디 그러기를 바라며.

"그냥 날씨 갑자기 나빠진 거 아냐? 일기예보가 원래 그렇지 뭐."

꽈르릉, 번쩍.

"그럴 리가요, 대체 절 뭘로 보시는 거예요?"

꽈르릉, 번쩍.

"사용자님이야말로 여기서 이상한 걸 못 느끼겠어요?"

"천둥 번개, 그래서 뭐?"

아이가 굳어진 어깨를 어색하게 털었다.

"잠깐 소나기만 내리고 그칠 수도 있어."

"천둥, 하고 번개요?"

여자가 눈을 찡긋거렸다.

"신기한 말이네요."

신기하긴 뭐가 신기해? 그렇게 말하려고 했다. *꽈르릉, 번쩍.*

"순서가 반대잖아요."

여자의 말에, *어라?* 아이는 귀를 기울였다. *꽈르릉.* 소리가 났다. *번쩍.* 하늘이 확 밝아졌다가 원래대로 돌아왔다. 짧은 휴지기에 이어 그리고 다시 곧 바로—*꽈르릉, 번쩍.*

반대다. *꽈르릉, 번쩍.* 순서가 거꾸로다. *꽈르릉, 번쩍.*

초등학생들도 다 아는 상식이다. 빛은 소리보다 빠르다. 비교도 할 수 없을 만큼. 그러니 번개가 먼저 보이고 그다음 천둥이 도달해야 한다. 그 차이를 이용한 계산법도 있지 않은가. 그런데 지금은 오히려 천둥이 먼저 오고 그다음에 번개가 친다. 말이 안 된다.

이상하다.

아이가 뒷걸음질 쳤다. *철퍽.* 무언가 수면을 가르

며 해변에 부딪혔다. 썩는 내가 훅 끼쳤다.

"나름 환경에 녹아들려는 시도군요."

여자는 눈길조차 주지 않는 그곳에, 물고기가 한 마리 누워 있었다.

외눈박이에, 그 색도 크기도 태어나서 한 번도 본 적 없는 기이한 것이다. 암녹색 비늘은 형체를 알아볼 수 없을 정도로 얽어 있다. 활짝 열린 상처에는 살과 창자가 한데 엉겨 굳어 있다. 눈은 짓무른 과일처럼 투실투실 부풀었다. 비례도 대칭도 맞지 않는 자리에 덩굴손처럼 달린 지느러미들은 하나같이 꿈을 꾸듯 퍼덕거렸다. 뼈가 훤히 드러나도록 파헤쳐진 그 꼴은 그러나 다쳤다거나 죽어가는 게 아니다. 애초 태어날 수 없는, 무언가의 영향으로 삶을 흉내 내는 것들이었다.

철퍽, 철퍽, 철퍽.

세상의 멸망을 알리는 징조라도 되는 것처럼 물고기들은 앞다투어 모래사장에 처박혔다. 단 한 마리도 제대로 된 것이 없었다. 그런 것이 도저히 살아 있을 것이라고는 생각할 수 없도록, 모두 제각기 고유한 오염에 뒤범벅된 채였다.

"이렇게나 자기주장이 강하시면, 정말 그만 숨기로 했나 봅니다?"

번개. 부자연스러운 그림자가 드리웠다. 몇 쌍인가 되는 새의 형상이 달칵달칵 경박한 모양으로 땅에 새겨졌다. 그 움직임을 따라 메아리치는 것은 그러나 우아한 날갯짓 대신 이를 지근지근 가는 것처럼 기분 나쁜 소리였다. 아이는 뼈로만 된 새가 하늘을 누비는 것을 보았다. 그것이 기류를 타고 활강할 때마다 뼈마디가 부딪치며 음산한 울림을 뱉었다. 개중 한 마리가 사냥감을 좇아 강하했다. 톱날처럼 예리한 발톱으로 물고기의 곪은 살을 눌렀다. 부리로 그 눈구멍을 후볐다. 눈알은 레인을 구르는 볼링공처럼 부드럽게 새의 머리뼈를 타고 올랐다. 이윽고 한쪽 눈구멍에 물고기의 눈을 대신 처넣은 새가 둘을 노려보았다. 텅 빈 쪽의 존재감이 역으로 매섭다. 죽은 것과 죽지 못하는 것들의 악취가 코를 찔렀다.

"그리고 아마도 그 위치는."

여자는 아랑곳하지 않았다.

"그렇게 멀지도 않네요."

© LEE SU JUNG

여자가 뒤돌았다. 어마어마한 거체가 만을 그대로 틀어막고 있었다.

기이한 새와 물고기들은 전부 그것에게서 새어나온 잔해에 불과했다. 수면이 넘실거렸다. 파도는 치지 않았다. 바다의 들고 나는 호흡조차 그 앞에서는 한낱 옷을 시침질한 자국처럼 얕았다. 아이는 천천히 고개를 횡으로, 종으로 움직였다. 뒷덜미가 빠질 것처럼 아팠다.

가장 눈에 띄는 것은 흰색이었다.

백지장, 서릿발, 대리석, 아무도 밟지 않은 첫눈을 잿빛으로 만들어버릴 만큼 새하얗다. 무엇이? 그에 대한 대답이 선뜻 떠오르지 않았다. 그만큼 이질적인 모양새였다. 이쪽을 향해 놓인, 몸의 중앙을 크게 꿰찌르는 수평의 보가 있었다. 보는 자세히 보니 통짜가 아니라 작은 마디가 모여 살짝 구부러져 있었다. 드높이 솟은 가시돌기들은 오래전 버려진 건물처럼 을씨년스러웠다. 그 특유의 모양. 어마어마한 크기지만 틀림없었다. 동물의 뼈, 그중에서도 척추였다. 그리고 그 허리 부근을 성글게 감싸며 아래로 구부러진 몇 쌍의 빗장이 보였다. 아마 갈비뼈. 머리 쪽으로 오면 아무런 근육도 없음에도 이어져 있는 어깨뼈와 그로부터 날개처럼 뻗은 앞발, 아니 발가락처럼 보이지만 실은 지느러미를 이루는 뼈가 보였다. 그리고 머리.

처음에는 머리로도 보이지 않았다. 전혀 엉뚱한 뼈가 대신 달라붙은 것 같았다. 이쪽을 똑바로 겨눈 삽날 같은 것이 먼저 눈에 들어왔다. 납작하게 누웠고, 앞으로 올수록 점점 그 폭이 좁아졌다. 표면 곳곳에 난 구멍이나 움푹 팬 곳은 좌우대칭을 이루고 있었다. 그리고 삽날의 아래편을 각각 호위하듯이 붙은 넓적한 엄니가 한 쌍 보였다. 엄니들은 삽날의 끄트머리까지 비스듬하게 맞물리며 풍만한 외곽선을 그렸다.

아이는 그렇게 맞닿은 엄니와 삽날이 서로 여닫히는 상상을 했다. 입천장과 턱. 거대한 입. 삽날에 난 구멍들로 혈관과 신경과 눈알이 이어지는 상상을 했다. 그러고 나서야 깨달았다. 두꺼운 지방과 가죽이 모조리 발려내진 탓에 본래의 인상이라곤 하나도 남지 않은 그 생김새를. '적'은 뼈만 남은 수염고래의 모습을 하고 있었다.

"클래식한 외양이네요."

여자는 세상이 한밤중처럼 컴컴해진 와중 말했다. 그러나 밤이라고 해도 달이, 별이 떠오른다. 지금의 것은 달랐다. 크림색 편지지 위에 엎지른 새까만 잉크와도 같은 지극히 악의적인 암흑. 아이가 허우적거렸다. 비틀린 물고기가 젖은 모래를 때리는 소리, 뼈로 된 새가 제게 없는 것을 그들에게서 취하는 기척. 소리로 된 창살이 사방을 서서히 옥죄고 있었다. 가짜 번개가 어둠을 갈라낼 때마다 썩는 내가, 뼈가 부딪치는 소리가 점점 강해졌다. 그 한가운데 팔랑팔랑 춤추는 것.

"고전적이라기보단 고루한 느낌이긴 하네요."

어둠이 집어삼킨 세상에서, 여자의 붉디붉은 머리칼은 하늘을 가르는 유성우처럼 보였다.

"죽음을 일깨우는 표상은 사실 우리도 자주 쓴답니다."

여자가 발을 떼었다. 바닷물에 가까이 다가가자 젖은 모래에 새로운 발자국이 새겨졌다. 말도 안 되게 작고 가냘프다. 눈앞의 상식을 초월한 괴물에 비하면. 뼈 고래는 잠자코 그녀의 행동을 주시했다. 새들이 소용돌이에 갇힌 것처럼 울부짖었다. 물고기들이 튀기는 물이 아이에게까지 닿았다. 살이 독물이라도 맞은 것처럼 화끈거렸다.

성큼성큼, 두 이물 사이의 거리가 좁혀졌다.

"으, 야!"

아이는 자기도 모르게 손을 뻗었다. *콰르릉*. 가짜 천둥. 적이 만들어낸 기상 현상의 모사품이 그의 입을 막았다. 그리고 번개. *번쩍*. 세상이 잠시 밝아지고 해안에 도사린 괴수의 모양이 더없이 선명하게 드러났다. 그 앞을 막아선 그녀의 모습을 보자 아이의 가슴이 달음박질쳤다. 돌연 욕지기가 올라왔다. 발을 돌렸는데. 이제 그만 집으로 돌아가고 그걸로 끝이었는데. 그날 아침 산책을 하다가 이상한 사람을 만났다. 로 매듭지어질 일이었는데. 이젠 아니었다. 어딘가에 휩쓸려버린 기분이었다. 여자가 이쪽을 흘끔 곁눈질했다. 보기 좋게 두 눈이 마주쳐버렸다. 시곗바늘이 꿀을 가르고 움직이는 것처럼 느려졌다.

저 방정맞은 입. 아이는 탄식했다. 긴장감 없이 흐느적거리는 팔다리, 아직 물도 다 안 마른 옷. 멍청한

소리만 줄곧 내뱉던 얼굴. 불현듯 거기다가 대고 진심이 되고 싶어졌다. *조심해, 위험해.* 그런 상투적인 소리를 간곡히 외치고 싶어졌다.

"괜찮아요, 사용자님."

무언가 커다란 그림자가 그녀의 위편으로 드리워졌다. 아, 너무 뻔하다.

"저도 다 생각이 있답—"

설마, 아닐 텐데. 설마. 그냥 그렇게 설마.

뼈의 촉수, 라고 하면 일견 모순적이지만 어쩔 수 없었다. 정말 그랬으니까.

뼈처럼 곧고 단단한데도 계곡의 여울처럼 자유자재로 구부러지는 것. 두께는 거대한 교량을 지탱하는 강철케이블쯤 될까. 그런 것이 번개처럼 내리꽂혔다. 여자의 몸을 꿰뚫었다. 폭. 색종이를 찢는 것보다도 허무한 소리가 났다. 깨닫고 보니 아이는 엉덩방아를 찧고 있었다. 조금 전까지만 해도 아침 해에 달아오르던 모래가 이제는 막 끄집어낸 얼음처럼 차가웠다. 부질없는 버둥거림. 공포에 사로잡힌 몸은 석고상처럼 굳건히 자리를 지켰다.

촉수가 거둬졌다. 제 궤적을 그대로 되짚어 돌아가는, 불필요한 피라곤 단 한 방울도 흘리지 않는 움직임이었다. 여자가 쓰러졌다. 물고기들이 펄떡대는 소리에 그 기척조차 파묻혔다. 물고기 떼가 시신을 탐하는 구더기처럼 그녀를 집어삼켰다. 살이 짓뭉개지고 뼈가 부러지는 악다구니 속에서 그들은 일을 마저 다 할 것이었다. 남은 것은 뼈 고래와, 그것이 불러낸 기이한 새와 물고기. 폭풍, 번개. 그리고 아이 자신.

그럼 이제 일어날 일은 불 보듯 뻔했다.

숨을 쉴 수가 없어 애꿎은 목깃을 괴롭히지만, 머리로는 알고 있었다. 목구멍에는 아무 문제도 없었다. 문제는 저기 바로 눈앞에, 드러누운 고층빌딩만 한 괴물이 쥐고 있었다. 오히려 그래서 더 발버둥 치고 싶었다. 더 외면하고 싶어졌다. 눈을 질끈 감고, 구불구불 엉킨 생각 속에서 허우적거리는데… 난데없이 시야 변두리에서 빠끔 붉은 것이 솟아올랐다.

"짜잔!"

강렬하다. 그만큼 도드라졌다. 저도 모르게 초점을 맞추자, 푸르른 잎사귀에 올라탄 핏빛 무당벌레

만큼이나 원색적인 그 존재감.

"뻔하기 그지없는 부활!"

아이는 일어나지 못한 채, 벌어진 입도 닫지 못한 채 그것을 바라보았다.

수렁처럼 깊게 쌓인 물고기를 헤치고 그녀가 걸어 나왔다. 사지가 멀쩡한 것은 당연한 일이다. 꿰뚫린 곳은 몸통이니까. 촉수가 훑고 지나간, 안에 연필 몇 다스는 들어갈 것처럼 벌어진 상처도 마찬가지로 그대로다. 거기 달린 얼굴이 상처 따위는 아랑곳하지 않고 말하는 것도, 팔다리가 자세를 잡고 움직이는 것도 마찬가지다.

"짜잔! 뻔하기…."

"한 번 했으면 됐어!"

★

아, 그땐 정말 놀랐지. 아이는 생각했다.

지금은 그런데, 이….

눈앞의 여자에게 못할 말이기에 더욱 입 밖으로 꺼내고 싶어지는, 그런 말과 순간이었다. 여기까지 오려거든 그리고 아직 조금 남았다.

＊

"어, 어떻게 된 거야?"

"상자 기억해요?"

무슨 상자? 아이는 부질없이 생각했다. 이런 상황이라면 구구단도 못 외운다.

"아이, 그거요."

여자가 말했다.

"제가 마지막으로 물질화했을 때 어부들이 봤던—"

폭. 아이는 그만 졸도해버릴 뻔했다. 뼈 촉수가 재차 여자를 꿰뚫었다. 이전 상처와 상당히 거리가 있지만 해부학적으로는 여전히 치명적인, 아니 애초에 그 속력으로나 크기로나 어디든 후려치면 죽음이 보장된.

"—거 말예요. 무슨 소린지 알겠나요?"

"그, 그러고 보니 그랬던 것 같기도."

엉겁결 대화에 어울려버렸다. 눈앞의 광경이 슬슬 제삼자의 시야로 보는 것처럼 현실감이 옅어지기 시작했다. 몸살에 시달릴 때와 비슷한 이인감(離人感).

"그게 뭔데?"

"설명하자면 긴데, 옛날이야기 중에 그런 거 들어 본 적 있어요?"

여자가 빨랫감처럼 덜렁거리며 말을 이었다. 뼈 촉수에 몸을 맡긴 채.

"어떤 신의 목을 치려면 어떤 검이, 그 검을 얻으려면 근데 그 어떤 신의 목이 필요한."

진지하게 생각하고 있었지만, 정말 대답하고 싶은 문제도 아니었고 그럴 필요도 없어 보였다. 뼈로 된 새들이 그녀에게 달려들었다. 칼을 먹어 치우는 숫돌 같은 괴성을 지르며.

"그런 거예요. 순환 설계죠."

여자가 머리를 감쌌지만, 전혀 절박해 보이지 않았다. 급소를 보호하려는 본능에서가 아니라 인사치레 같았다.

"상자가 멀쩡하면 제가, 제가 멀쩡하면 상자가. 한쪽이 남는 이상 파괴는 안 돼요. 알겠어요?"

여자의 팔이 너덜너덜해졌다. 독기 어린 부리들이 그녀의 훤히 드러난 팔뼈를 실로폰처럼 두들겨댔다. 보는 것만으로도 이쪽의 오금이 다 저리는 광경이었다.

"그, 그런 게 어디 있는데?"

아이는 정신없이 팔을 휘둘렀다.

"상자는 무슨 상자? 아무것도 안 들고 있잖아."

"저보다 몇 초 뒤 미래에요."

갈매기가 자기 아이스크림을 뺏어가도 그것보단 더 위기감이 느껴질 법한 태도로 여자는 새들을 쫓아냈다. 성의 없이 휘휘 팔을 내젓자 발려낸 살들이 응원용 술처럼 나부꼈다.

"그 몇 초가 지나면 그때는 다시 몇 초 뒤에, 그만큼이 지나면 다시 그만큼 미래에, 그러니까, 네가 '지금' 이러는 건 말이야."

아이는 조금 시간이 지나고 나서야 깨달았다. 그녀가 자신이 아니라 뼈로 된 고래에게 말을 걸고 있음을.

"아무 의미도 없다고. **알겠어?**"

쩌렁쩌렁한 일갈. 그것만으로도 충분했다. 있을 리 없는 힘으로 움직이던 뼈로 된 새들이 일제히 나동그라졌다.

"조무래기는 됐고. 목줄도 안 매는 못돼먹은 주인은 이제 어쩐다?"

기세등등하게 부활했고, 본인이 안전한 것도 대

충은 알겠다. 이제 원래처럼 멍청한 소리만 늘어놓아도 상관은 없겠다만, 아이는 언뜻 떠오른 걱정을 지울 수 없었다.

"그, 있잖아."

"네?"

"굳이 소리 내서 말하고 싶진 않은데, 짚고 넘어가야 할 것 같아서."

"뭔데요, 이런 결정적인 순간에."

여자가 눈살을 찌푸렸다.

"무슨 이상한 플래그 세우지 마세요."

"플래그는 뭔… 아니…."

아이는 팔을 휘두르며 잡생각을 털어냈다.

"방금 그거 듣고, 저쪽도 이제 네 약점 알아버린 거 아니야?"

당연하지만 저쪽에도 귀가, 아니면 유사한 기관이 있을 것이다. 여자가 문외한에게 친절하게 제 순환 설계를 설명해준 것은 고맙지만 이제 적도 그 사실에 대해 알게 된 게 아닌가.

"어떻게 할."

거야. 라고 말하려고 했다. 갑자기 사방이 밝아지

며 말이 끊어지지만 않았다면.

그녀의 머리칼이 붉다. 눈썹도 붉다. 이제는 그뿐
이 아니다. 온몸이 그렇다. 눈부실 정도로, 바라본
사람이 제 각막보다 먼저 정신에 손상을 입어 날뛸
정도로 발광하고 있었다. 렌즈 플레어(Lens Flare)라
고 하던가. 디지털 화상에 열십자나 육각 결정 모양
으로 빛의 궤적이 새겨지는 현상.

여자는 꼭 그것처럼 타오르고 있었다.

상자가 죽지 않으면 결국 이쪽의 몸도 재생되는
것인가, 질 나쁜 특수 분장처럼 넝마가 된 몸도 어느
새 말끔히 고쳐졌다. 공중에 떠오른 그 자태는 이제
외려 당연하게 느껴졌다.

"아아, 오랜만이네요."

뼈 고래가 몰고 온 어둠이 차차 힘을 잃었다.

"이곳에 오고 나서 한 번도 공격 용도로는 써본
적 없는데."

여자는 보이지 않는 색인목록을 훑기 시작했다.

"보자, 구동 명령어: 자율기동형."

혀를 차는 소리는 그녀가 두른 신성하기까지 한
광휘와는 전혀 어울리지 않았다.

"24식, 아니 너무 큰데. 클래식하게 4식? 뒤처리가 더 힘들 것 같고… 아하! 95식!"

뼈 고래도 가만히 있을 생각은 없었다. 어떻게든 이 자리를 벗어나겠다는 듯 더욱 거센 공격을 이어 갔다. 그것과 함께 바다가 펄펄 끓어올랐다. 뼈의 촉수가 몇 쌍이나 치솟아 여자를 꿰찌르고 무익하게 빠져나가길 반복했다. 아이는 그러나 그런 것을 볼 겨를이 없었다. 아이는 여자를 보았다.

"구동 명령어: 자율기동형, 타입 5."

스멀스멀 여자의 머리칼이 치솟았다. 차오르는 에너지를 손으로 훑을 수도 있을 것 같았다. 차차 돋보기로 빛을 모으듯 힘의 심지가 생기고 뚜렷한 벡터가 갖춰졌다.

"제95식: 섬멸."

아이로서는 알 수 없는 법칙에 따라 세상이 뒤틀렸다. 곧이어 빛의 초점이 옮겨갔다. 어느샌가 고래가 빛나고 있었다. 고래를 이루는 뼈마디의 요철 한 땀 한 땀이 점묘화처럼 분명해질 무렵, 작은 태양이 어두워진 하늘을 집어삼켰다. 이글거리는 폭발은 스위치를 내리듯 일순 모든 감각을 단절시켰다. 숨을

들이쉰 아이의 배 속과 호흡기의 모양을 따라 고정
액처럼 치밀한 고통이 스며들었다. 몸이 굳어버려
눈을 돌릴 수도, 힘을 빼고 주저앉을 수도 없었다.
무언가 폭발하면 으레 날 법한 굉음은 들리지 않았
다. 들렸다 해도 느끼지 못할 것이었다.

얼마나 지났을까, 아이는 쨍쨍 울리는 시야를 억
누르고 바다를 살폈다.

보이지 않았다. 느껴지지 않았다. 그만큼 손 쓸 틈
도 없이 파괴된 것인지, 기이한 물고기나 새가 뿜던
썩은 내도, 아니 뼈 고래의 물리적인 기척조차 온데
간데없었다. 먼발치에서 모르는 사람이 보았다면 바
다가 갑자기 저 혼자 벌떡 일어났다고 생각했으리
라. 폭발의 여파가 끌어올린 물기둥은 좁고 높았다.
뒷덜미가 등에 닿도록 고개를 쳐들면 겨우 그 꼭대
기가 보였다. 상궤를 벗어던진 그런 광경에 오히려
위기감이 마비되었다.

무심결에 그 광경을 감상하던 것도 잠시, 천천히
물의 상승이 멈추었다. 문득 새끼발가락을 어딘가에
찧은 직후처럼 섬뜩하게 시간이 느려졌다. 아이는
그 어마어마한 물의 벽이 무너져 내리는 것을 상상

했다. 육지를 후려쳐 걸리적거리는 것을 모조리 쓸어버릴 격렬한 파도를 떠올렸다. 이미 아드레날린에 절여져 시한폭탄처럼 긴장해 있던 근육들이 경련하다시피 떨었다.

"사용자님? 어디 가세요?"

여자는 도망치는 아이의 등에 대고 말을 걸었다.

"저 데리고 가요!"

"너도 일단 피해!"

아이는 턱 끝까지 차오른 숨으로 고함쳤다.

"저게 그대로 내리면 그냥 쓰나, 미…?"

주춤주춤 아이는 긴장을 풀었다. 사실 머리로는 알고 있었다. 진짜 이 거리에서 제가 걱정하는 일이 일어난다면, 사람이 아무리 열심히 뛰어봤자 죽은 목숨이라는 것을. 질끈 눈을 감았다가 뜨면 모든 것이 고통 없이 끝나있길 바라는 정도가 최선이었다. 정적이 내려앉고, 아찔한 느낌이 전신을 휘감고, 그것이 날아오는 총알 앞의 지푸라기만큼도 소용없다는 것을 알면서도 양팔로 머리를 감쌀 수밖에 없는 본능적인 체념. 그런데 정작 최악의 순간이 감감무소식이었다.

"왜 안 내리지?"

아이가 어리둥절하게 물었다.

"물벼락이?"

"제가 그대로 구름으로 만들었답니다."

여자가 태연자약하게 말했다.

"내일쯤에 비로 내릴 거예요."

그리고 짧은 침묵. 영화의 잘못 편집한 간격처럼.

"…조금 짭짤하겠지만."

푸핫. 웃음이 터졌지만 정말 재미있어서 그런 것은 아니었다. 애초에 이것저것을 생각할 겨를이 없었다. 순전히 반사적인, 그보다 못한 어쩌면 기계적인 반응이었다. 이 순간 아이가 정말로 느끼는 것은, 선뜻 말로 꺼내기에는 저항이 제법 있지만, 그래도 굳이 정의하자면, 외경(畏敬)에 가까웠다. 시선은 못 박혀 있었다.

그녀에게로.

조금 전처럼 공포에 의한 것은 아니었다. 오히려 이야기 속 마을 광장의 조각상, 영웅을 묘사한 위풍당당한 유화 같은 것. 다시 돌아온 한낮의 햇살을 등진 채 버티고 선 그 실루엣 때문이었다. 어느 한

군데 사리는 일도 없이 당당히 드러내는 그 위용 앞에서는 뒤편의 어마어마한 물기둥이라도 고작 하나의 장식밖에 되지 못했다.

"아까 비를 내리려는 척한 것도 그래서였구나."

누가 듣는다고 중얼거린단 말인가. 하지만 혼잣말을 얌전히 혀 밑으로 눌러 담기엔 이미 너무 많은 이상한 것을 보아버렸다.

"에너지를 뒤흔들어서, 너네끼리만 보이는 흔적으로 끌어들이려고."

그런 상황이라면, 가죽 부대에서 물이 새듯 속마음이 저도 모르게 나와버리고 만다.

"하지만 아까 힘이 더 없다고 한 건."

앞뒤가 안 맞지 않는가? 이렇게 뼈 고래를 흔적도 없이 분쇄해버렸으면서. 그렇다면 그것도 연기였을까. 힘이 다 떨어진 척. 아니 그럼 그보다 더 이전부터?

"일부러 바보같이 군 것도, 전부 계획적으로?"

"맞아요."

소름이 쫙 돋았다.

자기가 옛날 모병 포스터의 엉클 샘(Uncle Sam)이라도 되는 것인가, 근엄한 표정으로 이쪽을 가리키는 몸짓은 조금 전이었더라면 참 경박하고 안 어울렸겠지만, 뼈 고래를 쓰러뜨린 이후론 무얼 보더라도 위대하다고 생각해버리고 만다. 그녀가 정말 무엇이고 무얼 할 수 있는지 보아버린 탓에…

"이백 년 동안 열심히 충전했지요."

…응? 아이의 머릿속이 잠시 헛돌았다.

"우리 지금 같은 주제로 대화하고 있는 거 맞지?"

"그리고 저 일부러 바보같이 군 적 없거든요?"

여자가 벌컥 화를 냈다. 그 모습은 그러나 분노니 진노니 하는 진지한 한자어보다는 싸구려 만화 캐릭터처럼 이마에 열십자 힘줄이 불끈 돋고, 근처로는 브로콜리같이 생긴 정체불명의 효과가 뿜뿜 퍼져야 할 것 같았다.

"다른 사람은 몰라도, 사용자님은 저한테 그렇게 말하면 안 되죠!"

양팔을 휘두르자 얼추 마른 그녀의 옷에서 소금기가 후드득 퍼졌다. 아, 파편이 닿았는지 아이의 눈이 따끔거리기 시작했다. 그 고통이 그리고 시험 종료를 알리는 종처럼 명쾌한 해답을 주었다. 여자가 계획적으로 한 건 아무것도 없고, 아까 그건 비를 내리려고 하다가 진짜로 에너지 제어가 막혀서 실패한 거고, 적이 나타나자 얼렁뚱땅 지금까지 비축한 힘을, 그것도 무려 이백 년 동안 모은 걸 죄다 퍼부은 거였다.

다 풀어놓고 보니 딱히 경외할 구석이 있는 것 같지는 않았다.

"참고로 똑같이 충전하려면 이제 천 년쯤 걸린답니다."

"안 물어봤⋯."

그러나 그냥 넘어가기엔 너무 쉬운 계산이었다. 아이는 고개를 여자에게로 돌렸다.

"왜 갑자기 효율이 5분의 1로 떨어졌어?"

"이제부턴 이것저것 할 다른 일들이 생겼잖아요."

뭘 그리 바보 같은 질문을 하냐는 듯 여자는 손까지 내저었다. 그리고 해변에는 새로운 발자국이 새겨졌다. 그녀는 금세 아이의 코앞으로 다가왔다. 남의 일처럼 지켜보자니 갑자기 여자의 팔이 나무를 타고 오르는 넝쿨처럼 아이의 팔을 휘감았다. 가느다란 손가락이 이내 제집 안방이라도 되는 듯이 깍지까지 끼고 손 틈에 눌러앉았다.

"사용자님이랑 같이!"

"내가 왜?"

아이가 아직 뼈 고래로부터의 충격을 이겨내지 못한 틈을 타서, 여자는 아이를 이끌고 해변에서 멀어졌다.

"으하하, 하고 싶은 게 얼마나 많았게요!"

여자는 팔짱을 끼지 않은 팔을 선풍기 날개처럼 돌려댔다.

"우선 잔뜩 먹어볼래요! 생크림 케이크랑 카스텔라랑 팝콘이랑 타코야키랑 파르페랑 새우튀김이랑…!"

그 모든 욕망을 털어놓은 뒤, 무슨 구두점이라도 되는 것처럼 그녀는 덧붙였다.

"그리고, 사람들 돕는 것도 잊으면 안 되죠."

★ ★ ★

"…내가 생각해도 좀 늦게 물어보는 것 같긴 한데."

네?

영화 같은 곳에서 짐승의 울음에 대신 쓰면 어울릴 법한 그런 소리. 그야 온갖 먹을거릴 욱여넣어 입을 제과제빵용 짤주머니처럼 부풀린 채로는 그런 대답이라도 용케 하는 것이었다.

"*걱정마셰여. 이ㄱㅓ 사용자님이 사는 거니까.*"

"왜 뒷부분만 또박또박 말하는데?"

아이가 허탈하게 웃었다. 더군다나 자신이 사는 걸 왜 본인이 선심 쓰듯이… 그러나 그런 지엽적인 부분에 몸이 달아 달려들다 보면 또 영양가 없는 대화가 반복될 뿐이다.

"너, 이름이 뭐야?"

먹잇감을 삼키는 뱀처럼 입에 있던 것을 꿀꺽 넘기는 그녀. 씹기는 했을까? 배탈이라도 나면 어쩌지? 아이는 자신이 왜 그런 걸 솔선수범 걱정해주는 건지 알 수 없지는… 않았다.

아무렴 생명의 은인이니까.

"자율기동형, 그중에서도 타입 5인데요?"

여자가 말을 이었다.

"참고로 말씀드리자면 타입 5란 가장 정교하고 최신예의 강력…"

"덕후 같은 소리 하지 말고."

끊지 않으면 오후 내내 정비 매뉴얼을 듣게 될지

몰랐다.

"그런 거 말고, 뭐라고 하지, 무기라는 건 큰 종류 잖아."

아이는 단호해 보이도록 식탁을 두드렸지만, 얼마 못 가 그것이 조금도 단호해 보이지 않았을뿐더러 제 가 왜 그런 생각을 했는지도 알 수 없었다.

"같은 종류 안에서 딱 너만 부를 수 있는 거, 너만 갖고 있는 이름이 뭐냐고."

"음, 없는데요?"

와아앙. 그녀는 재주도 좋게 숟가락 모가지가 부 러져도 이상하지 않을 양을 한입에 털어 넣었다. 개 인 방송을 하면 많은 돈을 벌면서 그 돈을 전부 식비 로 지출할 법한 그런 모습이었다.

"자율기동형은 그런 식으로 명명되는 게 아니에요. 이름의 필요성에는 공감하지만… 어휴."

얼음덩어리를 콰삭, 콰삭 입안에서 부수던 여자가 갑자기 한숨을 쉬었다. 그 차갑게 식은 숨이 아이의 손등에까지 닿았다.

"왜 그래 갑자기?"

"머리 찡~ 안 해서요."

아이는 여자가 턱을 움직이는 것과 같은 주파수로 눈을 깜빡거렸다. 그렇게 해서라도 방금 들은 말의 의미에 공명해보고 싶다는 듯이.

"뭐?"

"왜 아무리 먹어도 머리가 안 찡~ 하죠? 저도 머리 찡~ 해보고 싶은데요."

"…넌 하고 싶은 것도 참 많다."

아이는 쥐고 있던 휴대전화를 내려다보았다.

"음…."

갑자기 뭔가 고민이 떠오르거나 한 것은 아니고, 밥상머리에서 노골적으로 상대와의 대화를 피하고자 몸부림치는 것도 아니었다. 오히려 아이는 나름 여자에게 집중하고 있었다.

"좀 뒤져보니까, 아까 네가 한 소리가 대충 옛이야기 같은 게 됐더라."

어쨌든 잠시엔진의 오류로 다양한 장소에 다양한 민폐를 끼쳤다고 했다. 어떤 형태로든 기록은 남을 것 같다고 생각하던 차였다. 물론 공룡 운운하던 부분은 말고. 마지막으로 그녀가 물질화했을 때, 어부들이 주변에서 쑥덕거리던 것을 무시하고 바다로 떠나버린, 특이한 차림새를 한 붉은 머리 여자의 전설.

"음."

얼음이 다 녹기도 전 바닥을 드러내기 시작한 빙수 그릇을 여자는 호쾌하게 긁어먹었다.

"그럴 줄 알았으면 사근사근하게 말이라도 걸어 줄 걸 그랬을까요?"

"그랬으면 '머릿속에 든 게 하나도 없는 빨간 머리 여자' 전설이 생겼겠지."

아이는 여자의 투정을 미연에 제지했다.

"그건 그거고, 그래서 대충 너한테 이름 비슷한 것도 생겼더라."

아이는 낯선 5음절의 이름을 또박또박 발음했다.

"우츠로부네."

虛舟(허주: 빈 배)라는 글자의 일본식 독음. 실은 여자 본인이 아니라 잠시 심기가 흐트러져 보이게 된 스스로의 우주선 부분(?)에 붙은 명칭이지만, 어쨌든 이름이라면 이름인 셈이다.

"그러니까 그거 해라."

"네?"

여자가 미간을 찌푸렸다.

"뭘요?"

"이름. 우츠로부네."

"싫어요!"

즉답이었다.

"왜?"

"왜냐니, 그건 제 표상의 일부이자 껍데기잖아요?"

여자는 숟가락으로 쟁반을 두들기며 말했다.

"사용자님을 '셔츠랑 바지'라고 부르면 좋겠어요?"

"그래, 우츠로부네야."

투덜거리면서도 다시 빙수를 탐닉하는 그녀. 아이는 그때 귓등으로 가게 문이 열리는 것을 들었다. 특별히 이상하다고 생각한 것은 아니었다. 사실 무슨 생각을 할 까닭 자체가 없었다. 왜냐하면 그런 것, 보통 가게에서 자기(들)말고 다른 손님이 들어오는 걸 의식적으로 신경 쓰는 사람은 없으니까. 다만 지금은…

"안녕하세요!"

우츠로부네의 낭랑한 목소리가 가게 안을 두 쪽으로 갈라놓았다. 한쪽은 고개를 돌려 그녀를 보는 사람들, 다른 쪽은 일하느라 당장은 쳐다볼 수 없는 사람들이었다.

"오늘 날씨 정말 좋죠!"

그녀는 벌떡 몸까지 일으켜가며 인사를 건넸다. 힘차고 밝은 목소리. 환한 웃음. 그야말로 유치원생들에게 '올바른 인사하는 법'을 가르칠 때 써도 될 법한 활력이었다.

"야, 인마."

아이는 반대로 식탁에 이마가 닿을락 말락 몸을 숙인 채 속삭였다.

"그만 좀 해!"

그녀는 그 짧은 사이 자신과 눈이 맞은 사람들에게도 착실히 손을 흔들어주고 있었다.

"넌 생김새부터 제발 좀 봐달라고 시위하는 수준인데."

아이의 얼굴이 뜨거워질수록 목소리는 점점 더 기어들었다.

"그러기까지 하면 더 눈에 띄잖아!"

"왜요? 인사한 건데요."

숟가락을 핥으며 자리에 앉은 그녀가 대답했다.

"밝은 인사는 좋은 첫인상의 기본이지요."

"길거리에서 만나는 사람마다 인사하고 다닌 거로도 모자란 거야?"

그렇다. 이곳에 발을 들여놓기 전, 해변을 벗어나 시내를 걸으면서 몇 번인가 비슷한 사태가 있었다. 말 그대로 마주치는 거의 모든 사람에게 우츠로부네는 웃으며 인사를 건넸다.

"그건 괜찮다고 했잖아요?"

그녀는 적반하장으로 기막혀했다. 지금 여기서 진짜 황당한 짓을 하는 게 누구인데!

"물론 사용자님이랑 좀 떨어져서 걷긴 했지만요."

"그러니까!"

아이는 의식하기 싫다고 생각하면서도 내내 의식할 수밖에 없었다.

"길거리에서 인사하는 거야 좀 특이하지만 붙임성 좋은 애인가보다 치더라도."

여전히 자신들에게 달라붙어 있는 손님들의 시선을!

"이런 가게에선 손님이 아니라 종업원이 인사하는 거야!"

자리에 앉은 그녀가 고개를 갸웃거렸다. 입가에

묻은 초콜릿 시럽이 기울어졌다. 혀끝이 놓치지 않고 날름, 튀어나와 제 몫을 받아 갔다.

"손님은, 안 돼요? 인사하면?"

생각해볼 것도 없었다. *그럼 안 되지, 당연히!* 라고 말하려 했다. 그야 굳이 되물을 필요도 없이 아무도 그렇게 안 하니까. 그러나 여자가 그렇게나 진지하게 물어오니… 당연하다고 여기던 것을 한 번쯤 들춰보게 되었다.

'인사하지 마!'처럼 무언가를 원천적으로 금지하려거든, 그냥 '모두가 안 하니까'보다는 그럴싸한 이유가 필요할 것 같았다.

"다들 서로 인사하잖아요."

손님이 다른 손님한테 인사하는 건 이상하다. 일반적이지 않다. 그건 맞다. 이견의 여지가 없다. 그런데 더 나아가 아예 '하면 안 된다.'라고 정하려거든 그것이 무언갈 적어도 어겨야 하는 것 아닌가? 가령 누군가한테 피해를 준다거나, 어떤 원칙을 위배한다거나.

"한 사람 한 사람 기분 좋게 하루 보내면 좋죠. 친해지면 친구 먹을 수도 있고!"

"누구나 인사하면 기분 좋긴 뭐가 좋아?"

생각한 것보다 말에 가시가 돋쳐 나왔다. 지레 뜨끔하는 아이였다.

"…그거야 영화 속에서나 그러는 거지."

그녀에게 면박 주고 싶은 마음은 없었다. 적어도 이런 식의, 뭐랄까 순진무구한 대화를 하면서는.

"모르는 사람끼리 만나도 Hi, Hello, Top of the morning! 하면서."

아이가 퉁명스레 말을 이었다.

"여기서는 내가 모르는 사람이 대뜸 '안녕하세요' 하면, 대체 내가 어디서 만난 누구인지, 왜 기억이 안 나는지 몰라서 공포에 사로잡힐걸?"

어쩐지 서글퍼지는 항변이었다. 원래 도덕 교과서, 아니 도덕도 교과서도 아닌 '바른생활책'에서부터 누구에게나 밝게 인사하라고 배운 사람들이다. 그런 어린이들이 모르는 사람으로부터의 인사도, 그런 사람들에게 건네는 인사도 두려워하게 되었다니.

"아까 길거리에서 본 사람들 기억나지?"

우츠로부네가 고개를 끄덕였다.

"네가 인사하니까 선뜻 좋아하던 사람 있었어?"

그녀는 잠시 생각에 잠겼다. 사방이 고요해진 가운데 그녀의 턱만 태엽처럼 규칙적인 운동을 반복했다.

"딱히 없었지?"

아이는 우츠로부네의 침묵에 그렇게 쐐기를 박았다.

"음. 어렵네요."

"뭐가."

"친해지려고 먼저 다가갔는데, 친해지려면 섣불리 다가가선 안 된다니."

뭐라고 맞장구쳐줄까 싶었지만 그만두었다. 그녀가 어떻게 받아들이건 간에 입을 여는 본인 스스로에게 먼저 공허하게 들릴 것 같았다.

"근데 인사는 안 돼도, 남들을 돕는 건 다른 이야기잖아요."

또 *이 이야기인가.* 아이는 생각했다.

"그렇죠?"

먹을 것에 정신이 팔렸으면서도 묘하게 참 올곧은 심지였다.

"아니에요?"

여자가 고개를 흔들었다.

"인사를 못 하는 건 슬퍼도, 그래도 사람들을 돕고

싶은데요."

"그래, 적을 무찌르는 건 곧 아군을 돕는 거니까, 직접적으로 아군을 도울 수 있는 어쩌고저쩌고, 나도 알아들었어."

아이가 탄식했다.

"그 이야기도 한번 짚고 넘어가야 할 것 같았는데…."

"인사는 못 해도, 아직 제가 할 수 있는 게 많을 거예요."

여자가 두 손을 펼쳤다. 별것 아닌 몸짓이었지만… 가게에 들어온 이래 처음으로 수저를 내려놓고 있었다.

"작은 거라도 도와주고 싶어요."

그 정도의 진심을 보리라고는, 감히 상상한 바 없었다.

"짐을 들어주거나, 자리 양보하거나, 쓰레기를 줍거나."

정말 말 그대로 아주 작은 것들이라 실소가 나왔다.

"아니면 제 몸에 적용된 기술들을 응용할 수도

있겠죠."

아이가 고개를 끄덕였다. 아무렴. 사실 쓰레기 백 개를 줍든 천 개를 줍든 그건 다른 인간 자원봉사자도 할 수 있는 일이지만, 진짜 그녀밖에 줄 수 없는 도움이란 그런 것일 터였다. 우주를 유영하고, 날씨를 바꾸는 일이 가능한 놀라운 과학기술들.

"사용자님의 고향 문명은 아직 이 행성도 벗어나지 못했으니까, 제가 그런 면에서 좀 가르쳐드릴 수도 있겠죠."

"나도 그렇게 생각해… 근데 그게 더 문제야."

아이의 한숨. 우츠로부네는 영문을 모르겠다는 듯 고개를 갸웃거릴 뿐이었다.

"작은 거든 큰 거든. 일단 누군갈 도우려면 시선을 끌 수밖에 없단 말이야. 특히 너는….'

저기 쟤 뭐야? 어디? 빨간 머리 있잖아,

옷도 무슨 이상한 거 입었네. 누군데? 연예인이야?

코스프레 아냐? 인스타에서 본 것 같은데.

안 그래도 다른 테이블에서 쑥덕대는 소리가 조금 전부터 아이의 심장을 두들겨대고 있었다. 아무것도 못 들은 것처럼 뒷덜미를 만지작대지만, 이미 귓바퀴

까지 벌겋게 물든 터였다.

"주목을 받으면 그리고 언젠가는 다 까발려지게 되어 있어."

"뭐가요?"

"뭐냐니, 네가…."

말문이 막혔다.

"외계인, 이라는 거?"

정확히는 그조차 아닌, 우주선 정신 공명체니 뭐니 하는 것이겠지만. 아이가 생각했다.

"사람(人)처럼 생겼으니 일단 그런 거로 하자."

"전 상관없는데요."

말은 이미 정해져 있던 것처럼 막힘없이 튀어나왔다.

"정체가 알려져도 괜찮아요. 오히려 더 많은 사람이 알게 되면 더 많이 도울 수 있고요."

"그러니까 그게 안 된단 말이야, 이해가 안 돼?"

아이가 머리를 부여잡았다.

"갑자기 너 같은 사람이 나타나서 '내가 외계인인데 오늘부터 당신들을 돕겠습니다.' 하면 세상이 어떻게 반응하겠어? 응?"

그녀는 아무 말 없이 눈만 껌뻑거렸다. 충분히 대답이 되었다. 골치 아픈 일이었다. 차라리 무인도에 갇혀 있다가 현대 사회 한복판에 떨어진 지니가 더 상대하기 쉬울 것 같았다.

"자 그러니까, 잘 들어봐."

빨간 머리 여자가 기자회견장에서 사실 내가 우주에서 내려온 병기라고 떠들기 시작하면 세상이 어떤 혼란에 휩싸일지 그 스스로도 잘 알지 못하는데, 하물며 사회의 상식이라든가 일반적인 감각이라곤 하나도 없는 외계인에게 한 다리 건너 가르쳐주는 것은 두말할 나위 없이 난제였다.

"만약에 네가 진짜 표면으로 드러나면, 지금처럼 이 아니라 막 인터뷰도 하고 그러면 말이야. 사람들은, …깜짝 놀랄 거라고1"

자기가 들어도 한심한 말솜씨였다. 게다가 말미에는 목소리가 삐끗하는 바람에 음 이탈까지 일어났다. 활자로 표현한다면 느낌표 대신 시프트를 안 누른 1이 찍혀 있을 법한 그런 실수.

너무 큰 실수라, 발견자들 모두가 방금 자신이 무언가 의미있는 것을 찾아냈으리라 믿고 있었을 만큼.

"그럼 제가 다시 천천히 설명해주면 되지요."

여자가 웃으며 말했다.

"그렇게나 놀라운 일이면 소식도 빨리 퍼질 거고, 그만큼 저에 대해 많이 알게 되겠네요."

여자가 더 환하게 웃으며 말했다.

"그럼 더 많은 사람을 도우면 되고요."

"아니, 설명해주고 말고의 문제가 아니라니까? 그냥 못 받아들인다고!"

아이는 머리를 다시 부여잡았다. 언제 잡았고, 언제 풀었는지도 알 수가 없었다. 그 이상의 혼란을 견뎌낼 방법을 아이의 몸은 알지 못했다.

"이걸 뭐라고 설명하지? 그냥 '외계인이 있다!'라고만 해도 혼비백산할 텐데, 거기다가 네가 걔네가 만든 살아 있는 병기고."

"변기요?"

"조용히."

은빛 포크를 들며 아이는 말했다. 여차하면 그걸로 손등이라도 후려칠 작정이었다.

"네가 살아 있는 병… 무기고, 그걸 만든 사람들이 따로 있고."

아이가 손가락을 꼽으며 설명을 이어갔다. 한 대목 대목마다 현대사의 새로운 쪽이, 아니 챕터가 통째로 생겨나야 할 만큼 놀라운 일투성이였다.

"여기에 '적'이 내내 있었는데 우린 전혀 몰랐고, 근데 걔는 아무튼 정리됐으니까 신경 쓸 것 없고, 내가 이제 온갖 과학기술을 막 무료로 나눠주겠다고 하면… 무슨 조약이나, 법칙이나, 기밀 유지 같은 걸 몇 겹을 쳐도 모자랄걸."

아이가 고개를 절레절레 흔들었다.

"이상하다, 말도 안 된다 수준이 아니라 그냥 상상력이 거기까지 아예 못 가는 거야. 그래서 못 받아들이는 거고."

자기 딴에는 나름 정리된 말을 한 것인데, 그녀에게도 먹혔을지는 알 수 없었다.

"알아듣겠어? 우츠로부네."

"은근슬쩍 합의한 호칭인 것처럼 부르시네요."

투덜거리면서도 일단은 받아들이려는지, 아니면 당장은 배를 더 채우는 게 중요한지 우츠로부네는 잠시 놓는 척이라도 했던 숟가락을 쥐었다. 아이는 쟁반으로 고개를 내렸다가 혀를 내두를 수밖에 없었다. 얼마나 열심히 처먹… 잡수셨는지 그새 그릇에 남은 것이라곤 부서진 얼음과 시럽이 한데 뒤엉킨 곤죽뿐이었다.

"맛있는 걸 먹느라 제가 바쁜 걸 감사히 여기세요…"

그런데도 그녀는 그야말로 행복해서 견딜 수 없다는 눈을 하곤 숟가락질을 도무지 멈추질 않았다. 빙수 한 그릇은커녕 같은 것 일만 그릇, 십만 그릇을 살 돈을 쥐고도 매일 피 마르게 괴로워하는 이들이 넘쳐 나는데, 그녀를 보고 있자니 그런 노력들이 다 쓸모 없게 느껴졌다.

참, 사람이 맑은 건지 멍청한 건지 모르겠네. 아이는 생각했다. *둘 다인가?*

"에휴, 이번에도 머리 찡~ 안 하네요."

우츠로부네가 칭얼거렸다.

"이러다간 영영 못 해보겠어요."

그녀는 보는 사람의 뒤통수가 다 저릿거리는 양의 얼음을 삼키곤 정반대의 이유로 오열했다. 아무래도 둘 다는 아니고 그냥 후자만, 멍청한 부분만 해당하는가보다 믿기로 했다.

"혹시나 해서 물어보는 건데, 더 먹을 거니?"

"네."

우츠로부네는 눈을 피하며 대답했다.

"여기 계절 한정으로…."

부끄러워서가 아니라, 가져가려던 점원의 품에서 빼앗은 메뉴판을 보느라 그런 것이었다.

"근데 네가 뭐라고 말하든 더 안 시켜줄 거야."

그녀는 말의 마지막 한 입을 문 채 그대로 얼어버렸다.

"물론 뭐, 아까 구해준 건 고맙고 다 그렇지만."

아이는 처음부터 살살 타이르는 게 아니라 아예 따끔하게 꾸짖었다면 어땠을지 생각했다. 따지고 보면 본격적으로 인간 사회에서의 생활을 시작한 건 고작 오늘 아침부터가 아닌가.

"정도라는 게 있잖아?"

"윽."

그녀의 감탄사는 물론, 모두 또박또박 조각된 소리였다.

"마, 말도 안 돼."

쉽게 행복해지는 만큼 슬퍼지는 것도 빠른 우츠로부네였다.

"말도 안 된다고?"

아이는 허탈하게 웃으며 계산서를 들추었다.

"네가 지금 먹은 것까지 다 해서 얼마인 줄 알아?"

적힌 숫자들을 보자, 우츠로부네에게 가야 했을 머리 찡~이 아이의 몸에 대신 들어왔다.

"빙수 세 그릇에, 연유 작은 컵으로 다섯, 빙수 전문점이라 아무도 안 시키는 사이드 메뉴 네 개, 드링크 세 잔에 찬물 네 잔, 서비스로 준 빵 네 쪽까지 혼자 다 먹어놓고?"

우츠로부네는 모래사장처럼 건조한 눈가를 훔치며 고개를 끄덕였다. 아무래도 음식을 하나하나 열거하는 아이의 말을 원래 의도와는 전혀 다른 의미로 받아들이는 것 같았다.

"이럴 줄 알았으면 아껴먹는 건데!"

냉큼 얼굴을 두 손에 파묻는 그 가증스러운 동작. 큰 소리로 넋 놓고 울진 않았지만, 어쨌든 하늘하늘한 옷을 걸친 빨간 머리 여자가 하면 뭐라도 눈길을 끌기 마련이다.

"일단, 그 진정 좀 하고…."

아무튼 울음부터 그치게 해야 할 것 같았다.

"그렇게 먹고 싶었어?"

공감적 듣기의 기술이라던가. 아무튼 아이는 필사적으로 혀를 사근사근하게 만들었다.

"그럼 왜 좀 더 일찍 안 올라왔니? 이백 년 동안 좀 사 먹지 그랬어."

이것도 막상 입 밖으로 꺼내니 어쩐지 걱정한다기보다는 빈정거리는 것처럼 들렸다.

"그야 임무 개시가 안 됐었잖아요. 그래서 기다렸죠…."

임무라. 아이는 곱씹었다. 그러고 보니 참 어설프게 맺어진 첫 만남과 대화였다. 이래선 안 되는데. 첫 단추부터 잘못된 건데. 보통 영화에서 묘사되는 외계인과의 접촉은 공식적이고 근엄하다. 온갖 학자들이 심혈을 기울여 만들어낸 질문지와 예상 시나리오를 통해 이뤄지는. 그런데 자기 같은 아무것도 아닌 일개 미성년자가 바닷가를 산책하다가 아무 준비도 없이 맞닥뜨리다니. 날림도 이런 날림이 없었다.

"일단 계산하고, 다른 데로 가자."

좀 더 사람들의 시선이 없는 곳, 차분하게 이야기를 나눌 수 있는 곳이면 좋겠다고 아이는 생각했다.

"네!"

우츠로부네는 후다닥 말을 쏟아냈다.

"이번엔 이런 거 말고 식사하러 가요."

"방금 전까지 그래도, 울먹이는 척이라도 하지 않았냐?"

우츠로부네는 헤실헤실 웃었다. 그러나 대뜸 거기다가 대고 매몰찬 말을 쏟아낼 수 없는 건 말마따나, 이백 년 동안 해저케이블 속 세상을 바라보다가 마침내 뛰쳐나온 거면 당장 먹고, 마시고 온갖 재미난 걸 하고 싶은 마음도 이해할 수 없는 건 아닌 까닭이다. 아마도….

"이번엔 사용자님도 좀 드셔요."

그거 내 돈인데. 아이는 속으로 한숨을 쉬었다.

"제가 나눠드릴게요."

아무래도 지금보다 더하면 더했지, 앞으로도 편해질 기미는 보이지 않았다.

＊ ＊ ＊

세상에서 가장, 이라고 첫머리를 열거든 좀 과장이 섞인 말이다. 그러니 적어도 지금까지의 삶에서

겪은 것 중엔 가장 긴 오후를 보내고, 아이는 집에
돌아왔다.

낮에 다른 손님에게 활기차게 인사를 건네던 것
도 그랬지만, 그 뒤로도 그녀는 어딜 가든 이목을 끄
는 행동밖에 하지 않았다. 아무한테나 인사하며 돌
아다니고, 어린애도 아닌 것이 건널목마다 손을 들
고, 짐을 들고 있는 노인이나 주변을 두리번거리는
외지인, 구걸하는 노숙자는 어찌 그리 잘 찾아내는
지. 하도 이곳저곳을 들쑤시는 통에 곁에서 보는 제
얼굴이 화끈거릴 정도였다.

"사용자님."

우츠로부네가 말했다.

"아까 버스에서 보니까, 오늘까지 배달 음식? 을
할인한다는데요."

남의 집에 들어오자마자 배 채우는 이야기부터
시작하는 뻔뻔한 우주선의 이야기를 아이는 결단코
알고 싶지 않았다.

"기회를 놓치면 아깝지 않을까요?"

"나 그 앱 안 써."

"이리 주세요, 그럼 제가 써드릴게요."

아깐 보자마자 휴대전화를 파괴한다더니, 제 배를 채우기 위해선 얼마든지 얼리어답터가 되어줄 생각이 있는 모양이었다. 괴팍하고, 모순적이고, 이상하고 자기중심적이지만… 아이는 낮에 나누었던 대화를 재차 곱씹었다. 왜 손님과 손님끼리 인사하면 안 되는지.

그녀의 행동거지는 분명 아주 이상했다. 그러나 역시 그것이 딱 잘라서 나쁘다고는 할 수 없었다. 모르는 사람에게 인사하면 안 된다는 법은 없다. 그게 잘못된 것은 아니다. 어른이 건널목 건너면서 손을 든다고 누가 피해 보는 것도 아니다. 그냥 다른 사람들이 그러지 않다 보니 그게 당연해졌을 뿐. 그렇게 생각하니 기분이 이상해졌다. 마치 수십 년 전 만들어진 시트콤을 인제 와서 보다 보면 문득 느껴지는 사회적 인식의 변동 같은 것이랄까. 반대로 세상 모든 사람들이 우츠로부네처럼 굴었다면 사는 게 좀 더 보송보송해졌을까.

"사용자님, 근데 앱은 어디서 열어요?"

소파에 등을 대고 누운 채 우츠로부네는 벌써부터 빈둥거리고 있었다. 손 안에는 딱히 건넨 기억도 없는 휴대전화를 쥔 채.

"스토어 찾아봐."

"안 보이는데… 혹시 아직 영업시간 안 된 거 아닌가요?"

아이가 한숨을 쉬었다.

"그게 스토어라는 게, 시간 맞춰서 열었다 닫았다 하는 게…."

아하! 아이는 무심결에 시선이 향한 곳에서 구원을 찾았다.

"지금 저 무시하는 건가요?"

"응."

우츠로부네를 등진 채 아이는 텔레비전 리모컨을 집어 들었다.

"이거나 얌전히 보고 있어. TV 뭔지 알지?"

"이게요?"

그녀는 오만상을 찌푸려가며 리모컨의 네모납작한 버튼들 하나하나를 정성스레 노려보았다.

"아니 TV는 저거고."

아이는 거실 벽 한 편을 차지한 물건, 얇고 검고 광택이 도는 디스플레이를 가리켰다. 외계에서 내려

온 살아 있는 우주선 유령과 종일 지지고 볶다가 우리 집 텔레비전이라는 그 일상적인 대상. 사각 구십 도로 정확히 설계되고 또 만들어진 참으로 완고한 모양새로 익숙한 생활을 벗어나는 어떤 요란도 허용하지 않는 든든한 세간을 마주하자 어쩐지 향수병에 걸린 사람의 마음을 알 것만 같았다.

"이건 저거 리모컨이야. 조종하는 거."

아이는 불현듯 화면에 반사된 거실의 풍경을 의식했다. 리모컨을 겨누고 선 자신보다 먼저 소파에 편한 자세로 널브러진 우츠로부네. 여전히 평범한 차림새도 외모도 아니지만, 우리 집 거실이라는 배경에 놓고 보니 얼핏 외계 병기고 뭐고 영락없이 그냥 게으른 처자 같았다. 정전기를 함뿍 머금은 빨간 머리칼이 쿠션과 부스스 스치는 모습이 더욱 없어 보였다.

"오! 이게 그거예요?"

조금 전까지 나무늘보 사체처럼 축 늘어져 있던 우츠로부네가 순식간에 자세를 가다듬었다. 고개를 똑바로 들고 허리는 등받이에 곧게 붙이고 양손을 무릎에, 다리는 곱게 모아 앉았다.

"이게 텔레비전이구나!"

텔레비전이 뭔지, 여차하면 연속된 이미지로 만들어지는 영상과 그것을 전기선에 담아 전송하는 절차까지 나름 설명할 각오까지 하고 있었는데, 그래도 잘 알아들어 주니 다행이었다. 아무렴 텔레비전으로 전송되는 초콜릿 바만큼의 설명이라도 해줄 수 있었을지 불확실했으니.

"니가 전기선 속에서 보던 것들이, 저거에 나오는 거야… 근데 뭘 그렇게 또 예의를 차려?"

"사용자님은 모르세요."

그렇다. 모르니까 묻는 게 아닌가. 아이는 참 이상한 말이라고 생각하면서도 그런 식으로 말하는 것이 꼭 우츠로부네만은 아니라는 사실을 새삼 깨달았다.

"제가 이걸 얼마나 보고 싶었는데요."

면접이라도 진행되는 것처럼 정숙한 자세와는 달리, 그 눈동자는 이제까지 본 적 없는 호기심으로 달아올라 있었다. 그 순박한 모습을 보자 놀아달라며 달라붙는 아기에게 전자기기를 쥐여주는 얄팍한 부모가 된 듯한 기분이었다. 그리고 일의 본질을 따져보면 사실상 그것과 크게 다를 것도 없었다…. 그러거나 말거나 리모컨을 잡은 아이의 손은 빨려들 듯 전원 버튼을 눌렀다. 화면에 불이 들어왔다.

"오, 켜졌어."

우츠로부네가 말했다.

"이건 소리 조절하는 버튼이고, 이건 채널. 바꾸면서 뭐 볼지 결정하면 돼…."

"사용자님이 골라주세요."

아이는 우뚝 손을 멈추었다. 음. 이 말을 마지막으로 이제 리모컨을 넘겨주려고 했는데.

"뭐가 보고 싶은데?"

그냥 의례적으로 하는 말이다. 그걸 너무 전면에 드러내면 곤란하겠지만.

"특별히 없어요."

정확히 예상한 말이었다. 아이도 별생각 없이 고개를 끄덕여주었다.

"아무거나 사용자님이 잘 아는 거로 골라주세요."

아무거나라. 그야말로 전가의 보도다. 채널 버튼을 두드리며 아이는 고민에 잠겼다. 가장 먼저 떠오른 것은 물론 우츠로부네의 순진무구한 머릿속에 걸맞은 아동용 콘텐츠지만…. 아이는 어두워지는 창밖을 흘끔거렸다. 기본적으로 애들 보는 걸 틀어줄 시간이 아니었다. *잘못 고르면 다시 귀찮게 달라붙을 텐데….* 아이는 채널 버튼을 쓰다듬으면서 고민에 빠졌다.

영화 채널도 좋긴 한데, TV 보는 동안 한숨 자고 일어날 수도 있고. 나쁘진 않았지만 역시나 시간이 걸림돌이었다. 밤이 깊으면 미성년자 관람 불가 영화를 틀 수도 있고….

"너가 그런 걸 다 어디서 배웠겠니."

"네?"

"아무것도 아니야."

아이는 낮의 참극(?)을 곱씹었다. 그것도 이상하긴 하지만 어쨌든 어딘가에서 배운 것들일 텐데. 굳이 청소년 관람 불가 영화가 아니더라도 우츠로부네만큼 반응성이 좋은 관객에게 허구의 문물을 보여줬다간 더 점입가경이 될 것 같았다. 자기도 저런 강력한 보석들로 장식된 장갑을 갖고 싶다고 야단법석을 피우기 시작하면 어떻게 막을 것인가. 아이는 힐끔 그녀를 바라보았다. 실제론 인간도 아니고 아이라고 불릴 나이도 아니다만, 콧노래까지 부르며 발을 튕기는 모습은 영락없이 기대에 부푼 꼬맹이였다. 꼬맹이의 철없음이 윤허되는 것은 그러나 꼬맹이가 단신으로 날씨를 바꾸고 운석의 비를 내리게 만들 수 없을 때다. *좀 상식적으로 굴어주면 고마울 텐데….* 아이는 정신없이 채널을 바꾸다가 손가락을 멈췄다.

"그래."

마침 정규 편성 프로그램 사이 개략적인 구성과 채널의 정체성을 요약하는 순간이었다.

"이거면 되겠다."

우츠로부네가 고개를 길게 뺐다. 그리고 더듬더듬 화면 위편의 활자를 읽었다.

"뉴스, 채널?"

최선이라고는 못 하겠지만 주어진 선택지 안에선 차악 정도는 될 것이다. 영화 속 연출된 사건들과 달리 현실을 가능한 한 객관적으로 전달하는 매체라면.

"이거 보면 되나요?"

아이는 고개를 끄덕였다. 선택은 우츠로부네 본인을 위한 것이기도 했다. 늦든 빠르든 그녀도 인간들의 사회가 자기 생각만큼 말랑말랑한 곳은 아니라는 사실을 깨달을 수밖에 없다. 그 시작으로 세상이 정말 어떻게 돌아가는지 엿보는 정도면 충분했다. 일종의 예방접종이랄까?

"사륙 시간 방송?"

아이는 우츠로부네가 무슨 소리를 하나 화면을 보았다.

"저건 '이십사 시간'이라고 읽는 거야."

채널 요약이 끝나고 오늘의 주요 소식들이 짤막하게 제시되었다. 조금 있으면 뉴스 본편이 계속될 모양이었다.

"갑자기 사륙은 어디서 나온 말이야?"

"아하, 그러면 '뉴스'는 뭐예요?"

그걸 먼저 물어봤어야 하는 것 아닌가. 아이는 생각했다.

"오늘 어디에서 무슨 일이 있었고 그 일에 대한 사람들 반응은 어떻다, 뭐 그런 걸 설명해주는 거야."

말해놓고 보니 정말 재미없게 들렸다. 적어도 어린 스스로에게 그렇게 말했다면 대번에 흥미를 잃었을 것 같았다.

"오!"

다행히도 그것이 우츠로부네에게는 정반대로 작용한 모양이었다.

"좋아요! 저 지금부터 '뉴스' 볼게요."

아이는 부담을 덜고 리모컨을 넘겼다. 우츠로부네는 마치 왕으로부터의 하사품처럼 그것을 조심히 받았다, 아니 안아 들었다.

"그러면, 오늘 뉴스는 딱 오늘 일어난 일들만 알려줘요?"

"최근에 일어난 일 중에 중요한 건 다 나와. …암튼 좀 보고 있어."

아이는 슬쩍 발을 뺐다. 우츠로부네의 시선에서 벗어났음에도 그녀의 고개는 움직이지 않았다. 이미 텔레비전의 명멸하는 빛이 바이스처럼 단단하게 그녀를 붙잡아두고 있었기에. 성공이다!

"난 내 할 일 하고 올게."

"네!"

이토록 시원스럽게 그녀가 이쪽에 맞춰 움직여준 일이 있었던가. 눈물이 다 날 지경이었다. 그때 살금살금 멀어지는 아이의 뒷덜미를 우츠로부네의 말이 간질였다.

"뉴스거리가 참 많네요."

아이가 뒤를 돌아보았다.

"제가 지금까지 놓친 행복한 일들이 엄청 많은가
봐요."

우츠로부네는 반짝반짝 희망에 물든 눈길로 이
쪽을 우러러보고 있었다.

"아, 음, 그래."

아이는 얼버무리듯, 아니 누가 봐도 얼버무렸다.

"그러면 좋겠다."

아이는 도망치듯이 자리를 피했다.

★　★　★

"잘 보고 있어?"

어느새 밤이 되었다. 아이는 잠시 옷이나 갈아입
으려던 것을 아예 이런저런 귀찮은 허드렛일까지 싹
몰아 끝마치고 왔다. 원래대로라면 내내 그 곁에서
쫑알쫑알 이건 뭐냐, 저건 뭐냐, 왜 하는 거냐, 나도
해보고 싶다 달라붙었을 우츠로부네가 생각보다 더
화면에 몰입해주었기에 가능한 일이었다.

"네."

묘하게 풀이 죽어 있었다. 아니 우츠로부네의 입에서 나왔기에 그렇게 느껴지는 것뿐일까. 다른 사람이라면 평범한 대답인데. 아이는 그녀의 옆자리에 걸터앉았다. 소파를 타고 전해지는 다른 사람의 기척. 새삼 집에 외인을 들였다는 것이 실감이 났다. 혼자 쓸 때는 어떻게 눕고 앉든 제가 누르는 대로 쑥쑥 들어가던 소파였는데. 거치적거린다고 해야 할까. 균형이 조금씩 움직인다고 해야 할까….

"그래서, 보니까 어때?"

"이상한데요."

아이는 그녀의 눈썹이 살아 있는 것처럼 요동치는 것을 보았다. 일그러진 입꼬리….

"제가 아는 세상하곤 다르네요."

아무래도 예방접종이 너무 셌나. 때마침 우츠로부네가 어떤 이야기들을 그동안 보았는지 알 수 있도록 간추린 표제들이 지나갔다. 세상은 때때로 참 편리한 방식으로 그 스스로를 드러낸다고 아이는 생각했다.

어디에선 시위가 격화되고, 어디에선 파업이 일어나고, 시위나 파업이나 왜 일어났느냐보다는 어떻게 일어났느냐가 가장 큰 쟁점이고, 어디에선 누가 누구를 죽이고, 다른 곳에선 서로 죽이질 못하니 더 말도 안 되는 중상모략을 펼치고, 그게 왜 일어났느냐보다는 누구를 책잡아 여론 앞에 내모느냐가 가장 큰 논란이 되고. 정말 무슨 일이 벌어졌느냐보다는 그것에 대해 상대 진영이 어떤 생각을 하는지가 더 중요한…. 언제나 보던 흔해 빠진 오늘의 뉴스였다.

"으휴."

우츠로부네가 고개를 돌렸다. 아이는 움찔했다. 낮의 가식적이고 천편일률적이던 반응과는 달리 탄식이 좀 덜 또박또박했다. 붉은 눈썹엔 수심이 가득하고, 희고 가지런한 치아가 선홍색 입술을 잘근잘근 깨물고 있었다.

"왜 소식이 이렇게나 많은데, 행복한 것들은 별로 없어요?"

그야 세상에서 진짜 일어나는 일들은 죄다 저런 거거든. 자칫 설익은 염세주의자 같은 일침이 스쳐지나갔지만, 아이는 그러나 역시 낮에 웃는 얼굴로 모두에게 인사를 건네던 그녀를 떠올렸다. 그리고 지금 눈앞에서 쿠션을 끌어안은 채 답을 갈망하는

그녀를 보았다.

"그래야 세상이 좀 더, 어… 좋아질 거라고 믿거든."

그 모양은 꼭 애착 인형 따위를 붙들고 늘어지는 동물 같았다.

"나쁜 일을 빨리 알리고 이야기해야, 그만큼 빨리 고쳐질 거라서 그래."

우츠로부네는 빤히 그를 바라보았다. 아이는 그 투명한 눈길을 저도 모르게 흘려 넘겼다.

"그랬군요."

알 수 없었다. 그 말이 얼마만큼 납득한 끝에 나온 것일지. 아이 스스로도 동화 속 만들어진 대사처럼 느껴버린 궁색한 대답을 인간보다 훨씬 강력한, 그러면서도 천치처럼 순진무구한 존재가 진정 어떻게 받아들였을지. 아이가 다시 고개를 돌렸을 때는 우츠로부네의 시선이 이미 화면으로 돌아간 뒤였다. 화면에는 이제 아무도 하고 싶지 않은 일을 하다가 아무도 기억 못 하는 최후를 맞이한 어느 노동자의 죽음이 보도되고 있었다. 운이 좋으면 그의 이름을 딴 법이 만들어질 터였다…. 텔레비전의 화면은 자연광과 지극히 흡사하다며 선전되던 LED 디스플레이였다. 그 한없이 현실처럼 명멸하는 빛의 삼원색이 그녀의 망막에 반사되었다.

묘하게 우울한 색이었다.

"그래도, 제가 아는 동네 소식들이 좀 더 나왔으면 좋겠어요."

어떤 동네? 아이가 생각했다. 매번 행복한 일만 일어나는 마을이라도 어디 있나?

"그게 어딘데?"

"이름은 몰라요. 그리고 워낙 넓어서요."

우츠로부네가 눈을 돌렸다.

"보면 바로 알 텐데…."

그리고 아이에게 물었다.

"다른 채널은 거기 소식이 나올까요?"

아이는 애매하게 어깨를 으쓱거렸다. 워낙 채널이 많아 영어로, 중국어로, 아랍어 등속으로 뭐라 뭐라 떠드는 국제 뉴스도 있겠지만, 시위나 파업이 내전과 폭동, 테러로 바뀌어 보도될 뿐일 테니까.

"네가 한번 둘러볼래, 그럼?"

이제 예방접종도 좀 아프게 맞았으니까, 선택권

"아, 여기 있었구나!"

벌써? 아이의 눈썹이 꿈틀거렸다. 어차피 그냥은 못 보는 채널이고, 아마 결제창으로 넘어가기 전 케이블 회사에서 마련해둔 안내 화면이 떠 있겠지만. 아이는 눈길을 돌렸다. 그런데 예상했던 것과는 다른 광경이 전파를 타고 있었다.

"…성인 채널 보고 싶은 거 아니었어?"

"그게 뭔지 몰라요."

전파를 타는 것은 전혀 다른 모습으로 재구성된 현실이었다. 어떤 '모습'보다도 2차원의 화풍이었다. 움직이지 않는 배경과 그렇지 않은 피사체, 그 사이를 노니는 등장인물 간의 위계가 엄격하게 지켜지는 세상.

인물들은 하나같이 화려한 원색의 머리칼에 그 이상의 기상천외한 헤어스타일을 하고 있다. 눈은 꽉 쥔 주먹만 하고, 이도 거의 그려지지 않은 입은 방울토마토도 겨우 들어갈 만큼 작다. 코는 이미 음영을 표시하는 하나의 점으로 소략한 그 얼굴은 현실을 곧이곧대로 드러내는 대신 그 자체를 대체하는 하나의 새로운 기호 체계였다. 그렇게 만들어진을 *줘도 되겠지.* 아이는 그런 생각을 했다.

"네에."

리모컨을 처음 넘겨받을 때와 비교하면 돌잡이와 장례식만큼이나 차이가 나는 반응이었다. 그리고 획획 채널이 넘어가기 시작했다. 지상파, 종합편성, 뉴스, 영화. 개중 어느 것도 그녀의 시선을 3초 이상 묶어놓지 못했다. 이어서 드라마, 예능 재방송, 스포츠, 정치·경제 등 지식정보, 낚시·바둑 등 취미… 채널의 숫자에 점점 더 가속이 붙었다. *이 뒤에 또 뭐가 있더라?* 아이가 기억을 더듬었다. 국회방송이라든가 무슨 경전을 종일 읽어주는 종교 방송, 수능 문제 풀이가 나오는 교육방송. 그리고 맨 끝의 보통은 별도로 결제해야 하는….

"야."

아이가 우츠로부네의 어깨를 건드렸다.

"어차피 유료야."

"네?"

"어차피 니가 지금 보려고 하는…."

그때 우츠로부네의 손가락이 멈추고, 아이와 대화하며 흘기던 곁눈이 완전히 돌아갔다.

123

등장인물들이 혀를 빼문다거나 팔을 붕붕 휘두른다거나 현실에서 실제로 보면 괴이하기 짝이 없는 행동을 일삼는 곳.

"…저 밑에서 이런 걸 봤단 말이야?"

쿠션에 턱을 폭 파묻은 채 우츠로부네는 고개를 끄덕였다. 정교한 관성 장치처럼 그 눈길만은 줄곧 텔레비전에서 떨어질 줄 몰랐다. 화면은 주인공 일행으로 보이는 네 명의 여자아이를 비추었다. 밝은 다홍색, 호두색에 가까운 금발, 연분홍… 그나마 검정에 가까운 한 명. 머리칼만 봐도 눈이 다 부실 지경이었다. 얼떨결에 대화를 조금 지켜보았지만 내내 별것도 아닌 걸 갖고 호들갑을 떨 뿐이었다. 그런데 문득 고개를 돌리자 도리어 현실에 있었다.

"다들 행복해 보이지 않나요."

화면 속 여자아이들보다 더 현란한 머리색을 한 채, 별 것 아닌 일에 싱글벙글 웃고 있는 우츠로부네가.

"좋겠다아."

"좋긴 좋을 게 뭐가 있어? 이런—"

사뭇 진심일 뿐만 아니라, 진지하게 들리는 말이라 오히려 듣는 쪽에서 혼란스러워졌다.

"—만화영화 보면서?"

"사용자님은, 저 모습이 행복해 보이지 않나요?"

글쎄. 전부 그렇게 보이도록 그려졌으니까 딱히 부정할 수 있는 말은 아닌데. 곁눈으로 보니 그새 다홍머리 아이가 무슨 사고인지 일행과 헤어진 것 같았다. 짐짓 곤란한 척 굴지만 어차피 20분이 채 지나기 전에 다시 만나 행복하게 끝날 이야기인 것이 당연했다.

"아까 '뉴스'는 좀 슬펐어요."

우츠로부네가 말을 늘였다.

"좀 더 저런 동네 소식도 전해줬으면 좋았을 텐데요."

아이는 애니메이션과 우츠로부네의 진지한 얼굴을, 그리고 이때까지 툭툭 그냥 이상하다고 생각했던 헛소리들을 그러모았다. 맞지 않던 조각들이 그렇게 짝 맞춰졌다.

"뭔, 이상하지도 않았어?"

아이가 제 얼굴을 위아래로 훑었다.

"올라와서 만난 사람들이, 내가 쟤네들처럼… 안 생긴 게?"

"사용자님이 인종차별 하지 말라고 했잖아요."

내가? 언제? 퍼뜩 우츠로부네가 뜬금없이 꺼낸 말

125

을 아이는 떠올렸다. *생각한 것보다 눈은 작다는.* 참으로 편리한 착각이었다. 아이는 혀를 내둘렀다. 그야 쌍꺼풀이 있고 없고의 차이일 줄 알았지, 설마 눈이 작다는 게 애니메이션 속 왕방울만 눈을 말하는 걸 줄은.

"그리고 이상할 것도 없어요."

그녀는 아이를 한 번, 화면을 한 번씩 계속해서 번갈아 보았다. 두 비슷한 찬거리 중 더 나은 것을 고르는 억척스러운 주부처럼 면밀히 검사하였다.

"저 사람들은 저렇게 생겨서 행복한 거예요."

'저 사람'이라니. 대체 이걸 어쩌면 좋을까. 아이는 그만 막막해져 몸을 소파 등받이에 파묻었다.

"눈이 큰 건 남의 기분을 잘 살피기 위해서고요."

'사용자'의 인종에 맞춰 타협한 걸까, 우츠로부네의 눈은 현실적으로 보면 꽤 큰 편이지만 애니메이션 주인공들에 비하면 별것 아니었다.

"입이 작은 건 그만큼 내 말을 아끼고, 대신 많이 들으려고 그러는 거예요."

우츠로부네의 입술이 오물오물 파도처럼 움직였다. 그 진정성은 차치하더라도 빨간 모자 동화가 우선 떠오르는 멋들어진 헛소리였다.

"저 동네에선 다 그래요. 혹시 가본 적 있어요?"

그럴 리가. 아이는 당차게 고개를 가로저었다.

"저 애들은 원래 그래요."

우츠로부네가 말했다.

"아는 사람 만나면 당연히 반갑고, 알지 못하는
사람 이제부터 알아가는 것도 즐겁고, 모르는 사이
라도 먼저 인사부터 건네고, 헤어질 때도 항상 내일
다시 보자고 인사하죠."

아이는 우츠로부네를 보았다. 그녀의 눈동자는
뉴스를 보던 때와는 달리 희망으로 부풀어 있었다.

"여기처럼 상대에게 보답할 걱정부터 하는 게 아
니라, 서로서로 계속 돕고 받는 게 당연한 곳이니까
요. 기뻐 보이지 않나요?"

아이는 아무 말 없이 머리를 긁적였다. 그러다가
그거야말로 대표적인 만화책 속 행동 양식인 것을
알고 괜히 팔을 내렸다.

"뭐, 모르는 사람이 인사했을 때 부리나케 도망
가는 것보다는 그래도 나은 것 같네."

아이는 마지못해 말했다. 그 뒤로 불쑥 솟는 심

술궂은 말까지는 그러나 막지 못했다.

"너 근데 쟤네 웃을 때 눈 못 뜨는 건 알아?"

소위 말하는 스마일 기호다. 위로 구부러진 호가 두 개, 아래편 반대로 구부러진 큰 호가 하나. 현실의 사람들은 눈웃음만 지을 뿐 눈이 완전히 감기진 않지만, 인상을 간략화한 캐릭터라면 막을 수 없는 일이다.

"부작용이 너무 심한 것 같지 않아?"

"그거야 그렇지만…."

그녀는 무언가 곰곰이 생각하는 듯 말꼬리를 늘였다.

"그건 사용자님도 비슷해요."

엥. 아이가 우뚝 멈추었다. *내가? 그렇다고?*

"그게 무슨 소리야?"

믿지 못한다기보다는 경험적으로 그렇지 않다는 것을 아이는 이미 알고 있었다. 사람이 웃으면 눈이 완전히 감긴다고?

"눈은 아닌데, 눈 바로 밑에 튀어나온…."

"광대뼈?"

"아, 맞아요."

우츠로부네는 자기 광대뼈를 조물조물하며 말을 이었다.

"거기 근육을 꽉 누르면, 의외로 못 웃어요. 사용자님의 동족은."

애니메이션 캐릭터와 동률로서 하나의 '족' 취급을 받는 것은 좀 어떤가 싶지만, 일단은 호기심이 앞섰다.

"진짜 안 돼?"

얼핏 듣기론 말도 안 되지만, 될 것 같은데 해부학적으로 조건이 충족되지 않는 그런 동작일 수도 있다고 아이는 생각했다. 가령 몸의 어디를 누르면 아무리 용을 써도 못 일어난다는 식의.

"될 것 같은데…."

"아이, 사용자님 손이 아니라 남의 손으로 해야죠."

우츠로부네는 자신의 광대로 손을 뻗는 아이를 만류했다.

"봐요, 제가 해드릴게요…."

가타부타 뭐라고 해볼 틈도 없이 손이 다가왔다. 약간 시원하고 매끈한 감촉이 양쪽 광대뼈에 살포시 얹혔다. 곧이어 지긋이 힘이 실렸다.

"이제 한번 해보세요."

뱉은 콧숨이 우츠로부네의 손에 닿아 부서지는 것이 느껴졌다. 그 살 내음이 맡아졌다. 마주친 눈길은 쏟아질 것처럼 밝은 별하늘을, 장난기 가득한 우츠로부네의 표정을 고스란히 코앞까지 끌고 왔다. 그대로 있자니 왠지 시험이라도 치르는 것처럼 머리 꼭지가 간질거렸다. 아이는 천천히 입꼬리를 올렸다. 한쪽, 그리고 다시 반대쪽. 평소에 전혀 신경 안 쓰던 행위를 특별히 의식하자니 새삼 일이 잘되고 있는지 알 수가 없어진다. 웃고 있나? 아직 아닌가? 어디까지 입술을 끌어올려야 웃음이 될까?

"…이거."

파르르 떠는 입가가 뺨을 넘어 귓불까지를 간질이고 있다는 확신이 들 때쯤, 아이는 마침내 입을 열었다.

"되는 거 같은데?"

"맞아요."

우츠로부네가 활짝 웃었다.

"그냥 사용자님이 웃는 모습을 보고 싶었어요."

뭐야, 이게. 맥이 풀렸다. 아이는 우츠로부네의 손

을 쳐냈다. 그리고 어쩐지 참을 수 없이 어색해졌다.

다른 사람이 비슷한 장난을 했다면 그냥 그게 다다. 시시한 장난. 그런 식으로 골려 먹는 거라면 이쪽에서 웃어 넘겨버리면 그만이다. 그런데 우츠로부네는 달랐다. 그건 심심풀이가 아니다. 모르는 사람들에게 인사를 건네고 좋은 하루 되라고, 서로 친구가 되고 싶다고 말하던 것처럼, 그녀는 진심으로 그걸 바라고 있다. 진심으로 그냥 제가 좀 웃길 바라고 있다.

"그래."

낮에는 저쪽의 타오르듯 붉은 머리칼이 눈에 띄었는데, 한번 발동이 걸리니 오히려 피하기 어려운 것은 그 눈길이었다. 빨려들 듯이 제게 꽂히는 우츠로부네의 시선과 달리, 아이의 그것은 마치 비누칠이라도 먹인 것처럼 자꾸 엉뚱한 곳으로 미끄러졌다.

"머릿속이 꽃밭이라서 좋겠다, 야."

"네에, 좋아요."

우츠로부네는 떼어낸 손을 자신의 입가로 가져갔다. 굳이 추켜올리지 않더라도 자연스레 보조개를 그리는.

"사용자님한테도 좀 나눠드리고 싶을 정도로요."

아이는 한동안 그 얼굴을 가만히 바라보았다. 귓가에는 화면 속 캐릭터들의 여전히 행복하고 앞으로도 그럴 대사들이 들려왔다. 우츠로부네의 등 뒤 창밖으로는 새까만 야음과 드문드문 그것을 가르는 인공조명의 빛무리들이 보이고….

더 할 말도, 달래 할 일도 이제 없다. 그런 생각이 문득 들었다.

"나 잔다."

아이가 일어났다.

"다 보면 텔레비전 끄고 너도 자."

"같이 안 자는 건가요?"

"같이는 무슨… 아니."

아이가 두 손을 펼쳤다. 그걸로 방어막이라도 세울 것처럼.

"같은 타이밍에 잠든다는 거지? 누군 일찍 자러 가고, 누군 안 자고 TV 보는 게 아니라?"

"글쎄요."

우츠로부네가 고개를 까딱거렸다.

"어떤 뜻일까요."

'어떤' 뜻이라고 했다. '무슨' 뜻이 아니라. 말인즉

슨 그녀도 자기가 지금 무슨 말을 하는지 아주 모르
는 것은 아니다.

"됐으니까 TV나 계속 봐."

아이가 일부러 엄하게 말했다.

"잘 거니까 방해하지 말고."

그래, 일단 자고 일어나서 생각해보자. 혹시 알아?
아이는 스스로가 보기에도 희박한 소망의 동아줄을
붙잡았다. *이게 전부 다 식중독 걸려서 꾼 꿈일지?*
그게 아니라도 머리가 좀 맑아지면 뭔가 좋은 생각
이 날 거야.

"잔다."

아이는 거실 불을 끄고 그대로 방 앞까지 갔다.
뒤돌자 텔레비전에서 나오는 빛이 마치 스포트라이
트처럼 우츠로부네를 비추고 있었다. 잠시 화면에서
눈을 돌린 그녀가 물끄러미 아이를 바라보았다.

"그리고, 어⋯."

사실 뭔가 덧붙일 생각은 추호도 없었는데, 왠지
모르게 말을 이었다. 문득 우츠로부네가 밖에서 내
내 입에 담던 소리가 떠올랐다. 아이의 얼굴을 한여
름 아스팔트처럼 달구며.

안녕하세요! 좋은 하루 되세요! 만나서 반가워요!

머리가 닳도록 꾸벅꾸벅 인사를 하고 다녔는데, 사람들은 너무 바빠서든 아니면 당황해서든 단 한 번도 흔쾌히 그 말을 돌려주지 않았다. 그나마 옆구리 찔러 절 받는다고, 인사 비슷한 반응이라도 돌아온 경우보다도 침묵과 함께 휘둥그레진 눈동자가 훨씬 많았으니. 그런 특이한 행동이 부끄럽다고만 생각하며 허둥지둥 돌아다녔는데, 그때 우츠로부네의 표정이 혹시 지금과 비슷했을까?

"…너도 잘 자."

아이는 괜히 몸을 빙글 돌렸다.

"내일 보자."

"네, 사용자님!"

우츠로부네의 대답이 자기를 따라잡으면 큰일이라도 날 것처럼, 아이는 후다닥 방으로 들어갔다.

"내일 또 봐요!"

문 닫히는 소리가 따라붙었다. 그렇게 하루가 지나갔다.

적어도 아이에게는.

아이가 들어가고 나서도 꽤 시간이 흘러 어느새 자정을 훌쩍 넘긴 시각이었다. 텔레비전을 끈 우츠로부네는 자리를 박차고 일어났다. 그리고 살금살금 아이의 방 앞으로 갔다. 귀를 기울이자, 꼭 닫힌 문 안쪽에서 아이의 고른 숨소리가 들려왔다. 누가 업어 가도 모를 정도로 깊게 잠든 것이다.

"정말 모를지 시험해보고 싶네요."

그녀가 킥킥 웃었다.

"하지만…."

창문 밖에서 무언가 푸드덕거렸다. 날갯짓은 그 자체가 의지를 가진 생명체처럼 살그머니 집 안으로 기어들었다. 반쯤 예상했다는 듯 의기양양하게, 한편으로는 아무리 문대도 떨어지지 않는 얼룩 따위를 본 것처럼 지긋지긋한 기색으로 우츠로부네는 고개를 돌렸다.

창틀에는 부엉이, 아니면 올빼미. 여하튼 얼굴이 넓고 눈이 부리부리한 야행성 맹금류가 앉아 있었다. 기다란 갈고리발톱은 금방이라도 유리를 두부처럼 갈라버릴 듯 예리했다. 그것의 눈이 있어야 할 자리에는, 대가리를 통째 스푼으로 퍼낸 듯 커다란 구

135

멍만 뚫려 있었다.

"한 방에 안 끝났네요."

말 그대로 '텅 빈 눈'으로, 그것이 우츠로부네를 응시했다.

"뒷맛이 질질 늘어진다 했더니."

그 말에 대한 대답으로, 창문 전체가 징징 울렸다.

네가 '섬멸'을 가한 뒤 주의를 기울이지 않은 틈을 타 손상을 복구하였다.

우츠로부네가 미간을 좁혔다. 그 둔탁한 이미지 와는 달리, 뼈 고래의 목소리는 반대로 새되고 으스스했다. 한밤중 슬며시 뒷덜미를 간질이는 누군가의 인기척처럼.

"내 고유기술 이름을 어떻게 알았… 어라."

의문은 그러나 금세 풀렸다. 우츠로부네는 주먹을 다른 손바닥에 내리쳤다.

"내가 큰 소리로 말했던가요?"

우츠로부네는 고개를 숙였다. 괜히 발부리를 움찔거리며 있지도 않은 조약돌 같은 것을 차 날리는 시늉을 했다.

"쩝, 매너가 없네요."

하긴 뼈 고래가 살아남은 것도 그녀가 '주의를 기울이지 않은' 덕이라지 않은가.

"원래 그런 건 서로 봐주는 거 몰라요?"

하도 머리칼이 현란하여 눈에 띄지 않았지만, 그녀의 뺨이 조금 발그레해졌다.

"주인공이 변신할 때나, 기술 이름 외칠 때나, 아군끼리 작전회의 할 때나…."

대답은 돌아오지 않았다. 우츠로부네는 등 뒤의 닫힌 방문을 힐끔 살폈다.

"…아무튼 그래서, 한 대 더 맞고 싶어서 왔어요?"

그녀는 구멍 뚫린 새를 손가락질하며 말했다.

"뜨거운 맛 좀 더 볼래요?"

잘 됐군. 이리로 와라.

기다리고 있었다는 듯 뼈 고래가 응수했다.

바다로.

"급한 쪽이 오시죠?"

우츠로부네는 머리를 꼬며 말했다. 머리칼이 마치 기름에 붙은 불처럼 손끝에 휘감겼다.

"집 밖은 위험하다고, 아까 본 광고가 그랬어요."

너는 그곳에서 나와 교전할 수 없고, 나는 그곳까

지 효과적으로 염파(念波)를 보낼 수 없다.

우츠로부네는 고개를 갸웃거렸다. 시곗바늘과 어울려 똑딱, 똑딱 움직이던 생각의 탐침은 얼마 지나지 않아 대답을 내놓았다.

"싫어요."

마치 누가 그 이유라도 요구하는 듯 우츠로부네가 덧붙였다. 소파에 궁둥이를 파묻으며.

"귀찮아."

할 말을 잃은 새를, 그 너머의 뼈 고래를 내버려둔 채 우츠로부네는 다시 텔레비전 리모컨으로 손을 뻗었….

"아, 하지만."

부지불식간에 튀어나온 말이었다. 그녀가 창문을 흘겨보았다. 아무래도 좋은 태어난 적 없는 새 따위는 내버려두고 그 뒤편의 하늘을 보았다. 집은 바다와 퍽 가까웠다. 휘영청 뜬 달 뒤편으로 흐드러진 밤하늘이 펼쳐졌다.

"밤바다, 나쁘지 않을지도?"

낮의 달궈지고, 소금기에 범벅된 모래사장과 달리 밤의 그곳은 또 그 나름의 운치가 있다. 있을 것이다. 적어도 우츠로부네는 그렇게 생각했다. 그녀의 머릿속에서는 벌써부터 아무도 없는 백사장을 별빛에 젖은 자신의 발자국이 사부작사부작 어떤 예술가의 행보처럼 가로지르고 있는 것이었다. 그 와중 즐기는 총천연색의 불꽃놀이라든가 오렌지빛으로 아롱아롱 부서지는 멋진 등불들, 어떤 축제나 맛난 음식을 파는 노점상 따위의 어디선가 본 듯한 화려한 이미지들이 그녀의 머릿속을 수놓는 속도는 현실의 어떤 삭막한 지구 자전의 속도로도 따라잡을 수 없었다.

"흠, 괜찮겠죠. 약간 밤 산책을 즐겨도."

내 인내심을 시험하는군.

"알았어요, 갈게요, 간다고요."

우츠로부네가 손을 털었다.

"그걸 좀 길게, 문학적으로 표현하던 거라고요."

접때의 'SF틱하다'는 무책임한 표현과 더불어, 이제 문학 마니아들마저 들고 일어날 수밖에 없는 발언이었다.

"할 말이 뭐죠?"

달빛을 반사하는 대신 그대로 삼켜 제 안에 가두는 밤바다. 거품조차 일지 않는 검은 파도가 땅을 연신 깨물며 축축한 흉터를 남겼다. 이따금 지느러미가 없거나 수없이 달린 이상한 물고기들의 퍼덕임이 그에 섞여들었다.

"간결하면서도 날카롭고, 재치 있으면서도 교훈적인 말이 좋을 거예요."

별빛을 가리는 형체는 마찬가지로 살아 있을 수 없는 꼴을 한 새들이었다. 뼈로 된 깃이 바람을 찢는 소리가 간간이 들려왔다.

"그게 당신 유언이 될 테니까."

왜 날 공격했나?

유언으로 삼기에 형편없는 건 둘째 치고, 전혀 돌아가는 상황과 맞지도 않는 말이었다.

"어, 적이니까요…?"

그만큼 대수롭잖은 대답이 우츠로부네의 입에서는 나왔다.

"아니, 잠깐만."

그녀가 두 손을 허리에 얹으며 말했다.

"그보다 당신이 먼저 나 찔렀…."

내가, 너의 적이라고?

우츠로부네는 분하다는 듯 이를 갈았다. 뻔하게 태클 걸 곳이 벌어져 있었는데 그걸 못 보고 순순히 대답이나 해버리다니!

"그래요. 인제 보니 당신은 그런데, 나보다도 상식이 더 부족한가 봐요."

우츠로부네는 잠시, 그 말이 자신의 입에서 나왔다는 것을 믿을 수 없는 것처럼 굴었다.

"아니면, 혹시 어리둥절한가요? 그거죠? 도저히 영문을 모르겠는 거죠?"

그녀가 주먹 쥔 손을 다른 손바닥에 내리쳤다.

"제가 당신이 이미 아는 어떤 부대 소속의 어떤 객체가 아니라, 갑자기 나타나서 자길 적이라고 칭하는 듣도 보도 못한 무언가라서?"

자랑할 거리인가 싶으면서도, 그것을 입에 담는 우츠로부네의 표정과 몸짓은 확실히 폼을 잡고 있었다.

"하긴 그래요. 내 사용자들의 '적'은 딱히 정말 그분들 본인의 적은 아니니까요."

그녀는 수십 년 동안 고향의 기억을 입 밖으로 꺼내본 적 없는 사람처럼, 천천히 말의 리듬을 되찾았다.

"시공간 매트릭스의 특정 지점에서, 자칫 우주의 균형을 위협할 존재나 진영이 발견되면 우리는 그곳으로 파견되죠. 당연히 간섭지점에서 당사자들끼리 전제되어 있던 정치·군사·외교학적 역학 관계는 모조리 무시되고요. 그렇게 스스로가 적이 된 것도 모른 채 당신들은 우리의, 아니 균형의 적이 된답니다. 당신들 입장에서는 그러니…."

우츠로부네가 입안에서 소리를 냈다. 혀를 말며 숨을 들이쉬는.

"우리가 어디에서 왔는지, 왜 자기네를 공격하는지 영문을 모를 수밖에요."

뼈 고래는 가만히 그 말을 듣고 있었다.

"어떤 이해관계도 없는 외계로부터 온, 대체 뭐가 뭔지 모를 소리만 하는 징벌자니까요."

나 또한 전부 아는 내용이다.

"아, 그래요?"

우츠로부네가 입술을 삐뚤게 말았다. 그나마 자기 임무에 관련된 이야기를 할 때 보인, 약간이라도 전문가스러운 면모는 빠르게 사라졌다. 그녀는 이 정도로 슬슬 대화를 끝맺고 낮부터 지금까지 몇 시간이

나마 비축한 힘으로 뼈 고래의 숨통을 마저 끊어버릴 고민을 하는 듯 보였다.

그녀가 몇 초만 더 빨리 그 일을 실행에 옮겼더라면, 상황은 퍽 달라졌을 것이었다.

나 또한 자율기동형이다.

뼈 고래가 말했다.

우리는 같은 사용자께 복속되었다.

"대체 내가 얼마나 많은 정보를 떠들어준 거죠?"

뼈 고래의 뜻을 들은 우츠로부네가 눈살을 찌푸렸다.

"그런 거짓말까지 뻔뻔하게 다 하고."

간섭지점의 적이 자율기동형을 참칭한 적은 역사상 단 한 번도 없었다.

"얼씨구, 그럼 자기가 몇 타입 자율기동형인지도 알겠네요?"

우츠로부네가 삿대질했다.

"어디 한번 말해봐요. 어디까지 공부했나 들어나… 으헤헤!"

나는 자율기동형 타입 1이다.

웃음소리가 미리 장전되어 있던 것처럼 튀어나와,

어쩐지 뼈 고래의 대답이 그 뒤를 잇는 것처럼 되어
버렸다.

"말도 안 되는 소리."

우츠로부네는 팔짱을 낀 채 몸을 앞뒤로 흔들었다.

"스파이 노트, 업데이트 좀 해야겠는데요?"

뼈 고래는 자신을 비웃는 그녀를 내려다보았다.

"설마, 아직도 현역으로 뛰는 타입 1이 있다는 헛
소리를."

그녀의 표정이 불시에 굳어졌다. 흡사 머나먼 이
국에서의 입국 수속을 마친 뒤에야 문득 이역만리
우리 집의 에어컨을 끄지 않고 출발한 것을 떠올린
사람처럼.

"…잘 생각해보니 들어본 것 같기도 한데요."

우츠로부네가 팔짱을 풀지 않은 채 뒷걸음질 쳤
다. 몸이 억지로 그 균형을 잡았다. 뼈 고래는 조용히
그것을 지켜보았다.

"확실히 간섭지점의 적이 자율기동형을 참칭하는
것도 그렇고, 어쩐지 이상하게 튼튼…."

그녀가 두 손을 비비며 고개를 틀었다.

"…혹시 정말 당신이 제 선배, 아니. 음."

침묵.

이윽고 말늘임표가 누덕누덕 붙은 자신감 없는 목소리로 뼈 고래와 그 휘하의 죽느니만 못한 물고기들, 사느니만 못한 새들을 향해 우츠로부네는 당돌하게도 묻길.

"이 모든 게… 당신의 믿을 수 없을 만큼 뻔뻔한… 거짓말일 가능성, 혹시… 얼마나 될까요?"

뻔뻔한 것은 너다.

고래의 뜻은 곤두세워진 가시처럼 느껴졌다.

사용자의 이름이 될 수 있는 것은 하나뿐이다.

그에 동조하듯 차갑고 딱딱한 날갯짓이, 뼈로 된 새들이 퍼덕이는 소리가 울려 퍼졌다. 그 하나하나의 소리만 하더라도 누군가의 새로운 죽음을 불러오고 알리기에는 충분했다.

우리의 창조주, 설계자, 무기로서의 우리를 휘두르는 위대한 손길….

"아이, 그렇게 딱딱하게 안 굴어도 되잖아요?"

우츠로부네가 잔망스럽게 손을 내저었다.

"말하는 걸 보니 고리타분한 게 확실히 타입 1 같긴 하네요. 음…."

그녀가 잠시 입속으로 생각을 굴렸다.

"뒷말은 그런데, 제가 현지 생명체와 협력 관계를 구축한 걸 타박하는 건가요?"

대답은 굳이 필요가 없었다.

"쳐부술 적이 있다는 건 결국 그걸 통해 도와야 할 진영이 있다는 거잖아요, 안 그래요?"

그녀는 아이에게도 썼던 논리를 꺼내 들었다.

"적을 때리는 대신 도와야 할 쪽을 직접적으로 부둥부둥해주면 보기도 더 좋고요."

그녀는 집에서 아무것도 모른 채 편히 자고 있을 아이의 얼굴을 떠올렸다. 쌀쌀한 밤바람이 살갗을 스치는 와중 그러고 있자니 까닭 모를 그리움과 질투가 함께 샘솟았다.

"그분은 일단 로컬, 임시 사용자님인 걸로 해요. 그리고 나쁠 거 없잖아요?"

우츠로부네가 양팔을 벌렸다. 그렇지 않으냐는 듯 눈을 치켜떴다.

"제가 배신이라도 했나요. 적도 이렇게 제대로 때려눕혔."

그녀의 혀가 얼어붙었다. 하려던 말의 좀 더 정확

한 버전을 깨달은 까닭이었다. 적이 아니라, *적이라고
생각했던.* 우츠로부네의 눈매가 네발짐승이 꼬리를
말듯 축 처졌다.

"호, 혹시 선배 때렸다고 기강 잡으려는 겁니까?
사과할게요!"

상대의 의견을 감싸기 위해 내밀어지던 양팔은
어느새 그녀의 앞을 빗장처럼 걸어 잠근 채 휘저어
지고 있었다. 우츠로부네는 질끈 감은 눈으로도 모
자란 지 고개까지 돌렸다.

"부디 참아주세요. 어째서 당신이 리더인지 따지
지 않을 테니까…! **그나저나 큰일이네요.**"

어떻게 생각해도 저쪽에서 넘어가주지 않을 거라
고 믿었는지, 우츠로부네는 아무 일도 없었다는 양
말을 돌렸다. 이전까지의 대화를, 이어지던 분위기
자체를 아예 방송의 편집점 이전으로 밀어버리려는
것처럼.

"그럼 이곳에 도저히 적으로 분류될 만한 뭔가가
없다는 건데."

그러거나 말거나 우수에 젖은 눈빛으로 턱까지
괸 채 진지하게 해변을 서성이는 모양이란 흡사 고

독한 추리에 빠진 탐정처럼도 보였다.

"거짓 경보 때문에 자율기동형이 둘이나 같은 지점으로 파견되다니. 이건 심각한 문제입니다!"

우츠로부네가 미간에 힘을 빡 주었다.

"선배, 우리 같이 돌아가서 사용자들께 따끔한 불만 접수를 해요!"

아니다.

우츠로부네의 말이 상대야 어떻든 종잡을 수 없듯이, 뼈 고래의 말도 상대와는 관계없이 언제나 냉엄하고, 차분했다.

"그, 그렇죠?"

그녀가 밝게 웃었다.

"제 잘못이라곤 조금도 찾아볼 수가 없죠?"

설마 이게 먹히다니! 같은 표정과 말투로 그녀는 환호했다.

적은 있다.

그러나 고래로서는 그런 뜻으로 한 말이 아니었다.

주변을 살펴라.

맞장구라도 치듯, 바닷바람이 불었다. 아무리 여름이라지만 거의 풍로처럼 달궈진 공기가 우츠로부네를 휘감고 지나갔다. 자연현상이 아니라 명백히 뼈 고래가 빚어낸 것이었다. 바람의 방향을 따라 그녀가 고개를 돌렸다.

육지를 향해.

볼 것은 별로 없었다. 야트막한 모래사장, 소금기에 강한 침엽수가 한 줌, 가장자리부터 조금씩 잡초에 뜯어 먹히고 있는 해안도로.

더 멀리.

뼈 고래가 그녀를 다그쳤다.

표상이 아니라 본체로서의 감각도 잊었는가?

"할 거였거든요."

뾰로통하게. 그러면서도 더 멀리. 깊게. 우츠로부네는 아주 오랜만에 숨을 쉬어보는 것처럼 부르르 몸을 떨었다.

"절 뭘로 보는 거예요."

해안도로를 지나 내륙으로 좀 더 깊숙이 시선을 들이밀면 이제야 좀 볼 것이 생겼다—거대한 응어리처럼 자리 잡은 철과 유리와 콘크리트의 집합체.

해안가를 따라 드문드문 있는 민박과는 달리 압도적인 밀도와 중량감으로 뿌리박은 인공의 도시.

그 체계. 정교하게 매설된 상하수도와 가스관과 도선을 통해 매분 매초 막대한 양의 물질을 삼키고 유용한 뒤 남은 찌꺼기를 뱉어내는 사실상 경악스러우리만치 거대한 생명체. 눈에 보이지 않는 형형색색의 빛과 진동과 신호에 둘러싸여 단 한 순간조차 주변으로, 지구 바깥의 세상으로 그 우렁찬 포효를 터뜨리지 않곤 존재할 수 없는 확장의 운명. 그리고 도시에는 모름지기 있을 수밖에 없는 것들. 걷는 인간, 머무르는 인간, 일하는 인간, 쉬는 인간, 웃는 인간, 화내는 인간, 우는 인간, 인간, 인간, 모래알 곳곳의 흠집에 들러붙은 세균처럼 지름 만 삼천 킬로미터의 땅덩어리 곳곳을 온통 잠식한 인간들.

"음, 음… 응?"

우츠로부네가 빙그르르 몸을 돌렸다. 일단 어깨를 으쓱거렸지만 뼈 고래에게 그런 것이 통하는 것 같지는 않았다. 대답도 돌아오지 않았다. 대신 더욱 강한 확신만 침묵을 타고 건너왔다.

"에, 에이. 에이."

뼈 고래가 싸늘하게 그녀를 내려다보았다.

"말이 되는 소리를 해요. 이 꼬맹이들이 얼마나 귀여운데요."

양손을 모아 입을 가리는 우츠로부네의 움직임은, 웃음을 참는다기보다는 곤란한 것을 감추려는 것처럼 보였다. 그녀는 금세 그만두고 팔을 제자리로 돌려놓았다. 그런데 팔이 있어야 할 제자리란 어디일까? 힘을 빼고 늘어뜨리거나, 주머니—가 없는 옷이기는 하지만—에 넣거나, 허리에 살포시 걸치거나, 팔짱을 끼거나… 갑자기 너무 많은 선택지가 주어진 것 같았다.

"모르는 사람한테 인사받으면, 그 자리에서 쩔쩔매는 게 얼마나 깜찍하게요."

그녀가 수더분하게 떠들었다.

"선배가 잘 몰라서 그래요, 그런데 당신 내 선배 맞죠?"

그러는 너는 이들의 악성(惡性)에 대해 얼마나 알지?

그 질문에, 우츠로부네는 관자놀이를 두드리며 생각에 잠겼다.

"…페트병 뚜껑을 안 분리하고 버리는 정도?"

151

그 정도면 대답이 되었다.

직후 뼈 고래가 무거운 한숨 같은 명령을 쏟아
냈다.

자율기동형 간 정보교환 개시.

우츠로부네에게 쏟아져 들어오는 정보들은 지구
상의 어떤 기계도, 기계들의 집합도 심지어는 상상
속 존재들마저도 이해할 수 없을 정도로 압축 정형
된 순간들이었다.

어떤 사건을 연대기적으로 서술하는 대신 동일
한 장면을 관점을 바꿔가며 반복하고, 본래는 보이
지도 들리지도 않을 정성적 요소까지 산입하여 켜
켜이 필터를 덧씌운 탓에 현실의 비례조차 어그러
질 만큼 쭈글쭈글하게 정보는 가공되었다. 그런 식
의 객관화와는 거리가 먼, 오히려 기이하고 혼란스
럽기까지 한 방식으로 정렬된 지식은 오직 자율기
동형들만이 능히 분석할 수 있었다. 그들 자신에게
만 철저히 안배된 그러한 형식을 통해 둘은 채 촌
각도 안 되는 시간에 수천 년에 달하는 인류사의
흐름과 그 씨실과 날실을 이루는 모든 개인과 단체
의 인과관계까지 속속들이 파악할 수 있었다.

"음."

사람으로 치면 입가에 묻은 것을 핥는 것처럼 간단한 동작으로 탐색을 마친 우츠로부네가 입을 열었다.

"이들 역사의 광기가 그야말로 우주의 별무리처럼 펼쳐지는… 아니, 본인 코멘트 달지 마요!"

그녀가 팔을 붕붕 휘둘렀다.

"객체숭립 원칙 모르세요?"

이제야 우리의 의무를 입에 담는가.

뼈 고래는 무덤덤하게 대거리했다.

정보는 숙지하였는가?

우츠로부네는 어느새 팔을 가슴까지 쳐들고 있었다. 그렇게 하면 쏟아져 들어오는 지식을 막을 수 있기라도 한 것처럼. 그녀는 천천히 팔을 내리고 목에 힘을 뺐다. 머릿속으로는 어느새 스스로의 경험만큼이나 명료해진 그 순간들을 지켜보았다. 모든 죽음은 각자의 그늘을 드리웠다. 그늘들은 제각기 다른 사정과 까닭을 품고 눈물을 흘렸다.

절대 잊지 않기로, 잊어선 안 된다고 합의한 기억들이 그 안에 묻혀 있었다. 그러나 산 사람을 묻기 위해 필요한 백팔십 센티미터 천이백 킬로그램의 흙과 달리, 역사의 광기와 그 경고를 전하는 이야기를 모조리 파묻는 데는 단 한 줄의 공백으로 군림하는 시간의 흐름뿐 필요하지 않았다. 옷의 색과 깃발의 모양과 달력의 페이지만 달라질 뿐 언젠가 피는 다시 흐르고 모든 것이 견딜 수 없는 지경이 되기 전, 간신히 누군가의 희생으로 말미암은 제동이 일어났다.

"어라, 잠깐만."

우츠로부네는 불현듯 자신이 은연중에 계속해서 붙잡고 있던 특정한 순간을 떠올렸다. 그것이 마찬가지로 뼈 고래에게도 중요한 순간으로 각인되어 있음을 알았다.

"저기요. 그러고 보니까 나 아까도 말한 건데."

그녀가 총부리라도 되는 것처럼 손가락을 겨누었다.

"처음 만났을 때, 당신이 먼저 나 때렸잖아?"

뼈 고래가 건네준 순간 중 그것의 눈으로 바라본 오늘 낮의 그녀, 우츠로부네의 모습 또한 들어있던 까닭이었다.

"스리슬쩍 넘어갈 셈이에요?"

게다가 따져 보면 뼈 고래는 그녀가 아군이라는 것을 알면서도 포문을 연 것이 아닌가. 그러니 더 괘씸할 수밖에.

너는 나와 알맞게 감응하지 못했다.

뼈 고래의 대답은 그러나 금방 돌아왔다. 오히려 그쪽에서 벼르고 있던 것처럼.

너는 그 순간 적과의 감정적 교류에 열중하고 있었다.

우츠로부네가 입맛을 다셨다. 딱히 반박할 수가 없었다.

너의 사고결정 모델은 자율기동형보다는 적의 특정 하위문화집단과의 구조적 유사성을 더 많이 나타내고 있었다. 나는 너를 결함품으로 판정하였다.

뼈 고래는 굳이 그 뒷말을 부연할 필요조차 없었다. 결함품으로 판정된 자율기동형이, 한낱 도구가 저항을 한다는 것은, 물론 있을 수 없는 일이었다.

"아."

우츠로부네가 눈을 깜빡였다.

"그래서 날 공격했다는 건가요. 날—"

구제하려고.

"ㅡ죽이려고."

그녀는 그리고 잠시 입을 다물었다. 미처 억누르지 못한 표정이 그러나 조금씩 번졌다. 오래전 시간 이동을 계속 실패했을 때처럼 그녀의 표상이 흩트려졌다. 밥그릇을 맞댄 것처럼 생긴 우주선이 두둥실, 우츠로부네의 머리 위편에 나타났다가 사라지기를 반복했다.

"음, 그래요…. 좀."

근처에서 상자가 부스럭거리는 소리가 들렸지만, 그것은 표상과는 비교할 수 없을 정도로 중요한 방어체계였다.

"좀, 슬프네요."

그녀는 현재로 꼬리를 뺀 상자를 잽싸게 다시 몇 초 뒤로 밀어냈다.

"이곳의 사용자님은 나더러 이상하다고 하는데. 이제 내 선배는, 친구들은… 내가 적이랑 더 가깝다고 말하네요."

고개 숙인 우츠로부네의 입가를 쓰디쓴 웃음이 수놓았다. 혜성의 꼬리처럼 빛나던 머리칼이 힘없이 처졌다.

"어쩌면 좋아."

난 네 '선배'가 아니다.

뼈 고래가 말했다.

난 네 '친구'가 아니다.

그것은 그렇게 의도를 명확히 했다. 더 이상의 대화를 원치 않는다는.

우리는 말하기 위해 만들어지지 않았다.

마치 제가 다스리는 것들이, 뼈로 된 새와 고름으로 뒤덮여 신음하는 물고기들이 자신들의 존재에 어떤 의문을 제기하지 않듯이, 뼈 고래 또한 그렇게 말했다.

사용자께서 말을 하고, 우리는 듣는다. 사용자께서 지정하고, 우리는 실행한다. 자율기동형이 사용자의 명령을 해석하는 것은 월권이다.

뼈 고래가 정말 하려는 말은, 우츠로부네에게 내리는 최고의 처벌은 그 뒷말이었다.

자율기동형이 적의 악성을 의심하는 것은 반역이다.

정보교환의 여운이 아직 가시지 않았다. 우츠로

부네는 어쩔 수 없이 재차 뼈 고래의 시선으로, 그 것을 필두로 한 올바른 동족들의 시선으로 곱씹게 되었다. 적의 모습. 인류의 모습을. 열풍에 휩싸인 파고가 조금 높아졌다. 썩은 살과 진물의 냄새를 풍기며 바람은 신음했다.

이들의 역사를 보라.

우츠로부네의 머리칼이 땀에 젖어 축축하게 늘어졌다.

그 글과 삽화란 모두 피와 눈물로 쓰였다. 진자의 운동처럼 반복되는 역사적 광기와 망각의 변주를 보라.

와글와글 뼈로 된 새들이 모여들었다. 환상적인 연극처럼 그들은 인류사에 새겨진 아픈 상처들을 변주했다. 뒤엉킨 뼛조각들이 안개처럼 퍼졌다.

이들의 진보란 무엇도 바로잡지 못하며 혁명이란 누구도 실각되지 않는다.

뼈 고래가 말했다.

스스로의 성취마저 시들게 하는 생득적인 폭력성과 그에 병든 마음을 보라. 이 땅의 보잘것없는 지혜의 원천마저 고갈된다면, 남은 것은 별 너머로

이어지는 확장의 길뿐이다.

"그렇지만 얘네는, 무작정 뭔가 고갈시키기만 한
게 아니란 말이에요."

우츠로부네가 말했다.

"온갖 멋진 것들도 같이 만들었어요. 그, 왜 있잖
아요?"

그녀는 어떤 예시를, 자신과 함께 서줄 누군가를
찾는 것처럼 주변을 살폈다. 등 뒤로는 그러나 무대
의 막이 내렸을 때처럼 먹먹한 어둠만이, 눈앞으로
는 발치까지 다가와 펄떡거리는 물고기들의 신음밖
에 없었다.

"오늘 만난 사용자님은."

그녀는 제 팔뚝을 붙들었다. 살갗에 손톱자국이
새겨졌다.

"혹시 그 말이 불편하면, 어, 로컬 임시 사용자님
은…."

그 이상의 발화를 금지한다.

하늘을 휘돌던 새까만 시선들이 일제히 우츠로
부네에게 내리꽂혔다. 그녀도 직감적으로 알 수 있
었다.

'로컬'이란 있을 수 없다. '임시'란 반역이다.

뼈 고래가 말을 이었다.

너는 무기다. 유일한 사용자들의 도구이다. 나와 마찬가지로.

무언가가 닫히고, 막히고, 붙잡히고 끝맺음되는 그런 울림으로 뼈 고래가 말했다.

그에 맞게 행동해라.

"…싫다면요?"

우츠로부네의 발이 어깨너비로 벌어졌다. 양손은 허리춤에 얹혔다.

"내가 싫다면, 어쩔 건데요?"

뼈 고래는 그런 습관이 없었다. 그것은 결코 고개를 끄덕이지도, 어깨를 들썩이지도, 팔을 휘젓지도 눈을 찡긋거리지도 않았다. 그래서 역으로 알 수 없었다.

"낮에도 아무 짓 못 했잖아요? 시도로만 그쳤으면서?"

우츠로부네의 발끝이 바깥으로가 아니라 안으로 마지못해 구부러져 있다는 걸, 자연스레 허리춤에 얹혀야 할 손은 어정쩡한 주먹을 쥐고 있다는 걸. 짐짓 위협적으로 던져지는 질문들은 그 어미가 꼬리를 만 채 흘러내리고 있다는 사실을.

그리고 그 말이 어떤 기폭제가 된 것처럼, 하늘을 맴돌던 날갯짓의 주인들이 차례차례 우츠로부네의 앞에 내려앉았다.

우츠로부네는 자신을 둘러싼 뼈의 벽, 아니 산줄기처럼 드높은 괴물들을 바라보았다. 그 발자국을 따라 자그마한 모래 언덕들이 엎치락뒤치락 일어나고 쓰러졌다. 눈구멍은 어떤 즉흥으로 만들어낸 구기 종목의 골대로 써도 될 만큼 거대했다. 그 흉악한 몸집은 더 이상 어떤 새가 아니라 신화 속 용에 차라리 가까웠다. 그 한가운데서 그리고, 뼈 고래가 조용히 그녀를 노려보고 있었다.

"…때로는 침묵도 많은 대답이 되지요."

우츠로부네가 입맛을 다셨다. 상자 덕분에 파괴되는 것은 피할지라도, 계속해서 몸이 부서지고 재생을 반복하는 것이 유쾌할 까닭은 없었다.

"게다가 같은 자율기동형이면, 으악."

그녀는 굳이 하지 않아도 좋을 말이라고 생각하면서도 자기 입을 말릴 수가 없었다.

"고작 몇 시간 충전한 거론 턱도 없을 테니…."

알았다.

뼈 고래가 말했다. 그것은 그러나 최종적인 선고를 내리는 대신 반대로 어떤 것을 시작할 때의 울림이었다. 그 뒤로 뭔가 더 이어져야 할 것만 같은.

"그건 무슨 뜻이죠, 알았다는 건?"

우츠로부네가 물었다.

"혹시 그사이, 심경의 변화라도?"

두 번째 기회를 주겠다.

그녀가 비긋이 고개를 틀었다. 되록되록 굳이 감출 생각도 없는 그 눈의 반짝임.

잘못된 것을 바로잡을 기회다.

새들이 우츠로부네로부터 고개를 돌리고 도열했다. 그들의 사령관이자 창조주인 뼈 고래를 섬기는 형태로. 그들 사이에 낀 또 다른 군인, 명령을 받은 우츠로부네의 자리를 남겨둔 채.

너는 무기다. 나와 같이.

우츠로부네는 조용히 바라볼 뿐이었다. *그거 아까 말했잖아요,* 같은 눈빛을 한 채. 그러나 그녀라고 모를 리 없었다.

그에 걸맞게 행동해라. 내가 이곳의 적을 구제하는 데 협력해라.

그거면 충분하다는 것을. 그 외엔 다른 설득도, 협상도 심지어는 명분조차 필요 없다는 것을. 그들은 원래 무기였고, 그것이 본디 올바른 그들의 사고라는 것을.

"알았어요, 알았어….."

그런 대수롭지 않은 말을 하면서도 우츠로부네는 어째서인지 신중하게 혀를 굴렸다.

"알겠습니다."

그 두 눈에선 그리고 낯선 영감의 총기가 무럭무럭 샘솟는 것이었다.

"됐지요?"

그렇다면 즉시 적의 구제를 시작한다.

"아니 잠깐만요!"

우츠로부네가 넌지시 펼친 손을 뼈 고래 쪽으로 내밀었다.

"먼저 매듭지어야 할 일이 있어요."

그녀는 제 머리칼처럼 붉게, 선명하게 빛나는 눈으로 제안했다. 감히 간언했다.

"선배, 아니 선배도 아니고 친구도 아닌… 직장동료님."

★

잘 자다가 끌려 나온 것도 황당한데, 거기다가 이런 사정 청취까지 해야 한다니. 아이는 눈앞에 버티고 선 뼈 고래만 없으면 왁왁 소리라도 지르고 싶어졌다.

그래서 드디어, 수십억 년 전부터 시작된 이야기가 다 끝나고 마침내 현재, 현재 중에서도 진짜 딱 지금의 현재다.

★

"그래서… 날, 불렀다고?"

불렀다기보다는 끌려 나온 것이었다. 아니 그조차 아니었다. 과정이 생략된 꿈처럼 난폭하기 그지없는, 납치에 가까운 무언가를 아이는 당했다. 실례로 아이는 현재 밤바다 외출에는 전혀 적합하지 않은 잠옷에 맨발 차림이었다. 짜게 식은 바다의 내음이 드러난 맨살을 유령의 손길처럼 어루만졌다.

그렇다.

당당한, 대체 무엇에 대해 누구에게 당당한 건지 모르겠지만 그런 우츠로부네 대신 대답한 것은 뼈 고래였다.

"그, 아니, 으으."

그것과 대화가 가능하다는 것은 우츠로부네의 설명으로 알게 되었지만, 막상 직접 듣게 되니 절로 양손이 귓가로 끌려 올라갔다. 계속해서 이야기를 나누다 보면 누군가의 울음과 웃음조차 구분할 수 없으리만치 머릿속이 망가질 것만 같았다.

"내가, 여기 온 게 그럼…."

아이는 시선을 돌렸다. 그러나 우츠로부네에게 묻는다 한들 답은 이미 나오지 않았는가? 아이는 바보가 아니었다. 그녀와 뼈 고래 사이에 오간 대화도 그렇고, 지금 일이 돌아가는 것을 보면, 아마도. 둘이 하려는 것은—*가짜 사용자를 섬기던 배신자가 마음을 고쳐먹고 할 일이란.*

울컥, 무언가 목구멍에서 치밀었다. 위장이 세제 따위를 한 술 털어 넣은 것처럼 요동쳤다.

너는 스스로를 증명할 기회를 얻었다.

잠시 아이는 그것이 자신에게 말을 거는 줄로만 알았다.

그에 따라 너는 다시 올바른 자율기동형이 될 것이다.

철렁. 배 속에 세제도 모자라 이제는 누가 아령이라도 내던진 것 같았다. 심장이 귓전까지 올라와 쿵쾅거렸다.

"서, 설마, 그, 저기."

아이는 기계의 축 따위를 조종하듯 고개를 돌렸다. 그것으로 간신히 우츠로부네의 눈을 좇았다.

"야, 아니지? 어?"

눈길이 맞물리지 않았다. 우츠로부네는 이쪽을 보지 않았다. 그렇다고 대답이 돌아오는 것도 아니었다.

"내가 엉뚱한 생각 하는 거지?"

폭포처럼 쏟아지는 불길. 그와는 반대로 하얗고 깨끗한 맨살. 달빛 아래 선 우츠로부네가 칼날처럼 번뜩였다. 아이는 자신이 낮에 함께 실없는 소리를 하고, 밥을 먹고 떠들던 누군가의 모습이 여전히 그 안에 있다고 생각해야 했다. 그러려고 했지만….

뻔하잖아. 아무리 생각해도 그거잖아. 아이는 입술을 핥았다. 혀가 말라 나무토막을 씹는 기분이었다. *무슨 일이 벌어질지는 뻔하잖아.* 머릿속에서 결코 믿고 싶지 않은 목소리가 설레발쳤다.

"나, 나 아무 잘못 안 했는데."

"맞아요."

어떤 무게도, 책임도 지지 않는 목소리였다. 제 주인의 손에 쥐인 도구가 으레 그러하듯이. 일이 이렇게까지 되었는데도, 살이 익어버릴 것 같은 바람을 타고 썩은 물고기의 냄새가, 포클레인보다 억센 발톱을 다듬는 새들의 끽끽거리는 소리가 메아리치는데도. 그 모든 게 올가미처럼 그의 숨통을 옥죄는데도.

"그래도 말이죠…."

이 이상의 발화는 불필요하다.

뼈 고래가 끼어들었다. 그것 스스로가 아이를 중요하게 여겨 불러들인 것이 아니라는 방증이었다. 그것은 심지어 우츠로부네의 행동거지도 거의 신경쓰지 않았다. 그것에게 있어 유일하게 중요한 것은 자신이 부여받은 임무였다.

결함품은 임무를 이행하라.

"말도 안 돼!"

아이가 주저앉았다.

"내가 뭐, 뭘 했다고!"

용감하게 맞부딪치고 싶었지만 그렇게 위대한 사람도 준비된 상황도 아니었다.

넌 아무것도 하지 못했다.

뼈 고래가 그런 아이를 비웃듯 대거리했다.

지금 또한 그럴 것이다.

그것의 주의가 자신에게로 쏠리자 숨이 콱 막혔다. 부어오른 목구멍으로 쌕쌕 얕은 신음이 나왔다. 사이에 선 우츠로부네는 드높은 산처럼 선 고래와 반대로 위압감에 짓눌려 티끌처럼 나뒹구는 아이를 차례로 쳐다보았다.

이윽고 곤란하다는 듯 혀를 찼다.

그리하여 네놈의 피로 말미암아—

우츠로부네가 돌아섰다. 그렇게 방향을 확실히 잡았다. 아이를 등지고, 뼈 고래를 마주한 채.

—이 행성 전체의 구제를….

"짜잔!"

실크해트를 뒤집기 직전의 마술사처럼 과장된 표정과 목소리. 팽팽하게 펼친 양팔.

"뻔하기 그지없는, 누구나 예상했을 법한 끼어들기!"

그 황당무계한 순간에 맞서 아이는 가까스로 눈을 깜빡였다. 깔린 침묵은 깊었다. 아주 깊었다. 무언가가 멈추거나 달라진 것이 아니라 처음부터 아무것도 아니었고, 또 없던 것처럼 깊었다. 그렇게 떨어뜨린 턱을 주워올릴 생각도 못한 채, 황망히 우츠로부네의 뒷모습만을 바라보는 아이였다.

"정직한 타이밍과 정직한 태클!"

슬라이딩하듯 내뻗은 그녀의 발부리에, 모래사장의 일부가 뼈 고래에게까지 튀었다.

"시시하지만, 그래도 미안해요."

우츠로부네는 오만상을 한 채, 내민 혀를 무언가로 썩썩 긁어내는 시늉을 했다.

"우엑. 너무 진지해져서 슬슬 오글거렸거든요."

뼈 고래는 잠시 침묵했다.

이게 무슨 뜻이지?

"좀 더 두고 볼까 했는데 말입니다."

아이와 뼈 고래, 둘의 시선을 각각 식히기라도 하려는 듯 우츠로부네는 경박한 손부채질로 바람을 일으켰다. 그 머리카락들이 불꽃처럼 너울거렸다.

"일이 돌아가는 게 너무 진지해서 나도 모르게요!"

그녀는 그 말을 끝으로 빙판이라도 타는 것처럼 경쾌하게 몸을 틀었다. 그대로 불길을 온몸에 휘감은 채 180도 회전하여, 다시 아이를 똑바로 마주했다.

"사용자님?"

아이는 손으로 만든 권총이 자신을 가리키는 것을 멍하니 지켜보았다.

"내 이름 말해봐요."

"너, 너 이름 없다며."

아이는 자신이 그걸 용케 기억했다고, 지금 용케 그걸 대답했다고, 지금 그리고 용케 기절해버리지 않고 버텼다고 생각했다.

"그것보다 지금 이러고…."

"에고, 상관없으니까."

우츠로부네가 쏘아붙였다.

"내가 그냥 '자율기동형'이나 '무기'는 아닐 거라면서요."

170

눈썹이 찡긋거리고 고개가 까딱거릴 때마다 그
새빨간 숱이 함께 휘날렸다.

"다른 거랑 다르게 딱 나만 가지고 있는 이름."

그녀의 뒤편으로는 이미 뼈로 된 촉수들이 뭉게
뭉게 떠오르고 있었다. 일격에 커다란 컨테이너 수
십 수백 개씩을 닭꼬치처럼 꿰어버릴.

"직접 정해준 거잖아요."

그녀 또한 모르는 바가 아닌지 힐끔힐끔 제 뒤편
을 턱짓하며 아이를 재촉하는 것이었다.

"빨리 좀!"

"…우츠로부네?"

그녀는, 우츠로부네는 엄숙한 표정으로 고개를
끄덕였다. 그러더니 한 손으로 오케이 사인을 만들
어 그것을 눈에 갖다 댔다. 활짝 피어난 웃음은 가
지런한 이를 별똥별처럼 반짝이게 만들었다. 이 지
경이 되어서까지 그런 어디선가, 누군가가 아마 골백
번은 더 했을 법한 도식적인 몸짓을, 아니 이 지경이
되었기에 더더욱 그녀로서는 자신이 아는 것에 달
라붙는 걸까.

"접수!"

설명하라.

뼈 고래가 말했다.

설명할 수 있다면.

"설명? 좋아요."

재차 마주한 둘. 그러나 극복할 수 없는 크기 차이는 흡사 우츠로부네 쪽을 인간의 신발코에 맞서는 불개미처럼 보이게 만들었다.

"잘 들어요 선배, 아니 꼰대 타입 1!"

그녀는 삐뚠 다리로 백사장을 파내기 시작했다.

"음, 어어…."

아이는 자꾸 싸늘해지는 손발을 비비며 그것을 지켜보았다.

"아!"

자신 있게 손가락을 튕기는 우츠로부네. 그러나 그녀의 머릿속이 현재 벌어지는 일을 그에 걸맞은 모양으로 받아들이고 있는지 도무지 알 수가 없었다.

"난 아까 임무 수행을 도우라는 당신 말에 '알았다'고 했죠. 안 그래요?"

손가락, 뼈 고래의 위용에 비하면 개미의 더듬이처럼 보이는 그것이 똑바로 겨누어졌다.

"그건 말 그대로 그냥 '알아들었다'라는 말이었다고요. 당신이 시키는 대로 따르겠다는 말은…!"

깨진 것과 마찬가지로, 침묵은 급작스럽게 찾아왔다. 뼈 고래도 아이도 그녀의 이어지지 않는 뒷말을 기다렸다.

"…아. 이건 솔직히 내가 생각해도 좀 치졸하네요. 그래요, 인정할게요!"

항복하듯 두 팔을 든 우츠로부네. 그 광경을 뼈 고래와 수천의 부하들이 노려보았다.

"난 일단, 뭔가 부정하고 나면 내가 이긴 것처럼 느껴버리는 치사한 여자예요, 됐죠?"

제발 이 모든 게 꿈이었으면. 아이는 바랐다. 시간을 되돌릴 수 있다면 오늘 아침 산책이고 뭐고 이불에 파묻힌 채 해가 하늘 꼭대기를 훌쩍 넘어가기 전까지 눈도 뜨지 않으리라. 그리하여 허리가 욱신욱신 쑤시도록 몸을 일으키지 않으리라.

"아무튼! 당신도 딱히 나한테 논리적으론 안 굴었잖아요? '우린 그냥 원래 무기'라니."

우츠로부네는 그 짧은 말을 하며 용케 뼈 고래의 성대모사까지 해냈다. 아마도… 남들이 성대모사로

들어주었으면 하는 본인만의 재롱에 가까웠지만.

"나도 그거랑 비슷하게, 막무가내로 구는 겁니다!"

막무가내뿐인가? 그야말로 엉망진창이었다.

"그 말대로 난 무기지만, 아니 '였'지만 지금은 아
녜요. 최소한 지금까지랑 똑같이 살진 않겠어요. 네!"

갈수록 더 엉망진창이었다.

"그래서 당신 시키는 대로 절대 안 할 거고, 그래
서, 뭐⋯."

우츠로부네가 갑자기 무언가 떠올랐다는 듯 제
손을 내리쳤다. 머리 위편에 불 켜진 전구라도 매달
린 것처럼.

"그러니까, 아니에요!"

무엇이 아니라는 것인가?

그 기묘한 어법이 도리어 뼈 고래의 심기를 자극
하는 걸까. 일단은 대화가 이어졌다.

설명하라.

"⋯모르겠어요, 그냥."

아이는 힘이 풀려 주저앉았다⋯ 그러다가 꼬리뼈
가 시리도록 오래전부터 이미 그러고 있다는 것을 깨
달았다.

"아무튼 뭐든지, 일단 당신한테 뭔가 부정해보고 싶었나 봐요—"

우츠로부네는 자기가 생각해도 우스운지 킥킥거렸다.

"—아니라는 말을 함으로써."

결함품, 너는 미쳤다.

온몸의 털이 쭈뼛 섰다. 아이는 저도 모르게 벌떡 일어났다. 그리고 자신이 아닌 누구라도 그랬을 것이라고 생각했다.

너는 더 이상 자율기동형….

"네, 그만 할래요."

우츠로부네가 하느작하느작 손을 털었다. 그리곤 큰 소리로 웃었다. 마치 다음으로 '뭐가 그렇게 웃기지?' 따위의 대사로 합을 맞춰줘야 할 것처럼.

"사실 진짜 미친 건 당신이야. 선배."

그리고 딱히 그런 장단을 맞춰주지 않아도, 그녀는 알아서 하고 싶은 대로 굴고 있었다.

"당신이야 재미없게도 딱 맞춰서 도착했겠지만… 난 이 땅이 태양을 이백 바퀴 돌 동안 계속 할 일이 있었거든. 그러면서 좋아하는 것도 생겼지."

어디 그뿐인가? 하고 말하듯이 우츠로부네의 입술이 쭝긋거렸다.

"하고 싶은 일도 생겼어. 내가 하던 일보다 훨씬 멋지고 귀여운 거, 예쁜 것들도 잔뜩 봤어."

아이는 우츠로부네의 팔이 하늘과 땅을, 그사이의 모든 것들을 껴안아버릴 것처럼 펼쳐진 것을 보았다.

"무작정 적을 찾아서 죽이는 것보다, 더 행복하게 살 수 있는 방법들이 얼마나 많은데!"

자율기동형에게는 그런 자기이익적 척도가 없다.

뼈 고래의 말에 우츠로부네가 입을 오므렸다.

"당신한테는 없지."

그것을 마치 동정한다는 듯이.

"근데 나한테는, 안타깝게도, 생겼거든."

안타깝다니?

촉수들이 공작새의 꽁지깃처럼 꼿꼿이 일어섰다.

누가 안타까운 꼴을 당할지 정녕 모른단 말이냐?

그것들은 그러나 공작의 그것보다 백배는 더 화려하고 천배는 더 컸다. 촉수들은 이내 한 줄로 이어진 거대한 아가리가 되어 펼쳐졌다.

내가 너와 같은 결함품을 처음 보는 줄 아는가?

"어휴, 자신만만하시네."

아이는 무심결에 우츠로부네를 빤히 바라보았다. 경황이 없어 잘은 몰랐지만, 방금 말은, 그 탄식은 뭔가 지금까지의 그녀가 내던 소리와는… 약간 달랐다.

"뭐 잊어버린 것 없…."

처음부터 시선을 돌리기 위해 계획한 것일까, 펼쳐진 촉수 대신 우츠로부네를 공격한 것은 느닷없이 바다에서 뛰쳐나온 뼈 고래 본인이었다.

조심해, 아이는 하마터면 그렇게 말할 뻔했다. 마치 날아오기 시작한 총알을 보고 피할 수 있다는 것처럼. 벌어진 고래의 턱뼈가 여자를 낚아챘다. 새빨간 머리를 한 여자가 뼈만 남은 고래의 턱에 깨물린 채 너덜너덜 휘둘러지는 모습은 위급하다기보다는 초자연적이었지만, 그런 것을 곱씹을 틈조차 주지 않고 우츠로부네의 몸은 조각조각 으스러졌다.

"조심…!"

아, 워낙 경황이 없어 입을 제대로 단속하지 못한 탓이었다. 아이의 가슴이 뒤늦게 철렁 내려앉았다.

그러나 거기서 한발 더 뒤늦게, 낮의 대화가 생각났다. 바로 눈앞에서 뼈 새의 부리와 고래의 촉수에 무수히 짓이겨지면서도 눈 하나 깜짝 안 하던 그녀와 나누었던.

"당신, 바보예요?"

아니나 다를까 우츠로부네 본인도 비슷한 말을 하려는 듯싶었다. 팔다리가 몇 짝씩 동시에 회복되고 날아가 없어지는 것을 반복하며.

"더 빨리, 세게 친다고 '구제'되는 게…."

이것은 더 이상 구제가 아니다.

뼈 고래가 말했다.

처벌이고 단죄이다.

뼈와 고름으로 된 폭풍의 한가운데에서, 채찍처럼 휘몰아치는 진노의 심지가 되어.

같은 자율기동형으로서 그 규율을 깨뜨린 너를 파괴하는 것이, 나의 새로운 임무다!

아이는 혼비백산하여 최대한 먼 곳까지 달아났다. 지면을 박차고 드높이 날아오른 뼈 고래를 피해. 뼈 고래의 뾰족한 주둥이가 이윽고 그대로 바닥에 처박혔다. 땅이 종처럼 울렸다. 얼어붙은 세상은 머리가 느끼는 땅과 실제로 눈앞에 펼쳐진 위아래와 중력이 잡아당기는 방향이 전부 일치하지 않는 그야말로 혼돈 그 자체였다. 아이는 자신의 발이 두 짝 모두 바닥을 디디지 못했다는 것을 알았다. 달음박질하는 누군가의 주머니 속 잡동사니의 기분이 이럴까. 깨닫고 보니 이미 꼴사납게 널브러져 있었다. 지끈거리는 고개를 가누자, 귓구멍에서 모래가 한 움큼씩 쏟아지는 것과 동시에 너무 명료해서 더 믿을 수 없는 광경이 펼쳐졌다.

고래가 땅을 파고들고 있었다. 마치 스푼으로 요거트 따위를 푸듯 손쉽게 성의 없이, 그대로 작은 산이 되어도 손색이 없는 토사가 내동댕이쳐졌다. 그렇게 하얗고 메마른 지느러미, 등뼈, 갈퀴처럼 흔들리는 꼬리, 삽시간에 그 어마어마한 몸집이 땅을 가르고 모습을 감추었다. 물고기도 새들도 물론, 턱 끝에 단단히 깨물린 채 나풀거리는 우츠로부네도 함께.

뭘 하려는 거지? 아이는 생각했다. 고래가 남기고 간 커다란 구멍의 가장자리에 선 채였다.

벌써 바닥이 보이지 않게 된 구덩이에서는 한 번

도 공기와 만나본 적 없는 흙의 냄새가 났다. 설령 지구상에서 가장 오래된 지층이라도 그것의 앞에선 열풍을 마주한 살얼음처럼 녹아버릴 것이다. 더 깊고 먼 곳으로. 더 강한 압력과 더 높은 온도. 해저산맥의 가공할 수압조차 뛰어넘는, 상하좌우도 없이 온통 녹아내린 돌만 도사린 극한의 환경. 그러나 우츠로부네가 파괴될 환경이라면 고래 자신 또한 위험한 게 아닐까?

흔해 빠진 자살 공격. 그게 아니라면. 어쩌면 뼈 고래 본인에게는 그것까지 버틸 힘이 있다는 걸까. 맨 처음 우츠로부네의 공격을 견뎌낸 것처럼.

순환 설계. 그게 둘의 차이점이었다. 그녀를 파괴하려면 상자까지 함께 파괴해야만 하는 조건. 어디로 가든, 또 이상한 표현이지만 '언제'로 가든 끊임없이 주변을 둘러싸고 있을 극한의 환경. 퍼뜩 뼈 고래의 작전이 뭔지 알 것 같았다. 적어도 그래 보였다.

그런데 만약 그가 생각하는 게 맞다면….

"확실히 날 죽일 생각은 있나 봐요."

지하의 환경은 지상과 비교하여 훨씬 혹독했다.

고작 각설탕만 한 물체를 수천 톤짜리 군함이 깨금 발로 올라가 짓밟는 것과 맞먹는 압력. 물로 된 비 대신 돌과 철이 흐르고 내리는 말도 안 되는 환경의, 말마따나 지하에 있는 감옥(地獄).

"그런데 그럴 능력은 없는가 보지요."

녹아내린 니켈과 철로 이루어진, 지상의 어떤 위 대한 대양보다도 넓은 심해를 둘은 종횡무진 누비 고 있었다. 고래가 턱을 흔들 때마다 한때 우츠로부 네였던 것들이 흩뿌려졌다.

"이 행성 중력결합에너지의 힘이나 빌리는 걸 보 니까."

말을 아껴라.

상자가 부서지기 전에 우츠로부네는 죽지 않고, 우츠로부네가 죽지 않는 한 상자도 부서지지 않는 다. 상자는 게다가 현재를 벗어난 미래에 존재하여 어떤 '지금'으로부터의 공격도 무력화한다. 멋들어진 설명일지언정 무적은 결코 아니었다.

네놈이야말로 유언이 될 테니.

사용자가 있는 곳이 몇 초 뒤든 몇 초 전이든 의 미가 없을 정도로 극단적인 외력에 노출될 경우 상자 쪽은 믿을 수 없다. 지름 1만 3천 킬로미터짜리 바윗덩이의 속살이라면 그리고 그런 외력으로 충분했다.

"유언이 다 뭔가요. 그런 거 남기면 벌써 슬프잖아요."

우츠로부네의 머릿속에서 경고 신호가 점멸했다. 미래의 환경을 견디지 못한 상자 쪽에서 임의로 시간을 거슬러 오르려 했다.

"기껏 새 사용자님도 만났는데."

그녀가 억지로 미소를 지었다. 상자와 자신이 같은 시간대에 있는 것만은 막아야 했다.

"원래 사용자들께도 불만은 없어요. 날 만든 것도, 할 일을 준 것도 그분들인걸요."

이제 와서 그런 말로 서로의 반목을 풀고 친구가 될 수 있다는 듯이 우츠로부네는 말했다.

"그렇지만… 이름을 받은 건… 여기가 처음이에요."

둘의 대화는 강철로 된 파도를 타고 울려 퍼졌다. 그 메아리조차 우츠로부네의 표상이 더 이상 감당할 수 없는 압력과 열로서 다시 돌아오는, 물 샐 틈

없는 시간의 막다른 길.

"다른 누구나 다 가진 게 아니라, 딱 나만 가질 수 있는…."

우츠로부네의 온몸은 형체를 알아볼 수 없도록 짓이겨졌다. 불길처럼 찬란하던 머리칼은 이제 그 빛을 잃은 채 항복의 백기처럼 꼴사납게 나부꼈다.

"…선배도."

그녀가 간신히 입을 열었다.

"이름 하나 지어줄까요?"

내 이름은 이곳의 적이 지어줄 것이다.

뼈 고래가 선언했다.

파괴, 죽음, 종말.

"좋아요 그럼."

녹은 금속을 문 채로, 부글부글 사라지고 다시 나타나길 반복하던 우츠로부네가 말했다.

"파―괴죽음종―말씨."

무언가를 계속 기다리면서, 그녀를 지탱하는 규칙이 주변 환경을 올바르게 받아들일 때까지, 그렇게 비로소 뒤집힌 힘의 균형이 올바르게 제 몸을 읽고, 떠받칠 때까지 기다리면서.

"일단 한번―멈춰볼래요?"

그리고 뼈 고래의 움직임이 멎었다.

무슨 일이지?

뼈 고래는 옴짝달싹 못 한 채 우츠로부네를 바라보았다. 가장 작은 뼈마디 한 톨조차 가누지 못할 만큼 속박은 강했다. 몸을 뒤틀었지만 자신이 못 박힌 모양에서 결코 벗어날 수 없었다. 외핵의 바다에 맞서 이루어지던 헤엄이 멎은 채, 그것은 지느러미를 잘린 상어처럼 천천히 가라앉고 있었다. 우츠로부네를 붙들던 턱이 억지로 벌어졌다.

"으쌰."

그녀는 맞지 않는 옷에서 몸을 빼내듯 빠져나왔다. 이내 고래를 박차고 거리를 벌렸다. 물보다 훨씬 질고 텁텁한, 무엇보다 까무러치게 뜨거운 그 속에서 그녀는 우아하게 균형을 잡았다. 땅에 있던 때의 필연적인 높이차와는 달리, 녹은 금속을 뚫고 헤엄치는 이곳에서는 두 시선이 똑바로 맞닿았다.

"판이 뒤집혔으니까… 아니."

뼈 고래의 몸이 한층 더 옥죄어졌다.

"원래대로 돌아왔으니 하는 말인데요, 선배."

우츠로부네의 눈에 점차 총기가 돌아왔다. 엉망이 된 몸도 옷가지도 찰흙처럼 쑥쑥 저희들의 본래 형태와 색채를 되찾았다. 찰랑찰랑 드리우고 춤추는 것은 물론 외핵의 바다보다도 찬란하게 타오르는 새빨간 머리칼이었다. 조금 전에는 상자가 약해졌다. 그래서 상자 쪽에서의 보조가 사라지고 그녀의 몸이 훼손된 채로 남았다. 이번에는 그러나 거꾸로였다. 본체 쪽에서 상자의 보조가 필요 없을 만큼 에너지를 빨아들이자, 반대로 금방이라도 파괴될 듯 위태롭던 상자가 보호받기 시작했다.

"진짜 화나긴 했나 봐요, 그죠?"

경박한 웃음소리는 철의 파도를 타고 빠르게 번졌다.

"억지로라도 임무에 집중했으면, 나중에라도 깨달았을 텐데."

우츠로부네가 입술을 비틀며 웃었다.

"날 벌주는 게 아니라, 무시했어야죠."

뼈 고래가 잠자코 그녀를 바라보았다.

"그랬으면 당신이…."

…그렇군.

뼈 고래의 울림이 우츠로부네의 말을 끊었다.

전부 나의 불찰이다.

"엥?"

그녀가 표정을 일그러뜨렸다.

지상에서 네가 무력하던 것은, 근처에서 인위적인 에너지변환이 활발히 이루어지던 까닭이었다.

뼈 고래가 말을 이었다.

내버려뒀다면 방해가 되지 않았겠지.

"되게 빠르게 이해하네요…?"

우츠로부네는 그러나 오히려 찝찝하다는 듯 고개를 비긋이 기울이는 것이었다.

"내가 이제부터 말하려고 했는데."

순환 설계를 파훼하는 것에 집착한 나머지, 나는 큰 실수를….

"아니, 그만하라고요!"

우츠로부네는 팔을 빠르게 흔들었다.

"설명하지 마세요!"

…네가 마음껏 위력을 행사할 수 있는 곳으로….

"그런 건 원래 내 대사란 말이야!"

우츠로부네는 어금니를 뿌득뿌득 갈며 격노했다. 어째 제압당한 쪽과 제압한 쪽의 태도가 반대가 된 셈이었다.

"그냥 죽어!"

그녀가 한 손을 뻗었다. 고래를 친친 감싼 올가미 따위의 형상으로. 새하얗던 뼈에 가기 시작한 더 하얗고 섬세한 실금을 덮어씌우며.

"구동 명령어: 자율기동형!…"

그리고 난데없이 그녀의 말이 멎었다. 춤추듯 휘날리는 머리칼을 빼면, 그 움직임도 함께.

그러나 뼈 고래와는 달리 외력에 의한 것은 아니었다.

"…흠."

그런 엉거주춤한 자세 그대로 우츠로부네는 갑자기 무언갈 골똘히 생각하기 시작했다.

왜 그러지?

뼈 고래가 말했다.

어서 죽여라.

"…진작 좀 그렇게 말하지."

우츠로부네의 토라진 흰자가 뼈 고래를 흘겨보았다.

"이미 클라이맥스가 엉망이 됐잖아요."

쇠뿔도 단김에 빼라고 했던가, 뼈 고래와의 시답
잖은 입씨름이 그녀의 선택을 더욱 부추겼다.

"세상에 이런 황당한 전개가 어디 있어?"

투덜거리면서도 그녀는 마음을 굳혔다. 같은 자
율기동형에게, 그들을 만들어낸 세상의 질서에 척을
지기로 결심한 이상 필연적이었던 결심. 늦든 빠르
든 언젠가 반드시 와야 했을 순간. 우츠로부네가 입
을 열었다.

"…구동 명령어 초기화."

그녀는 그리고 너무나 허술하고 또 뻔하게도, 망
설였다. 그러나 그녀의 주변 족히 천 킬로미터 안에
그 선택의 무게를 이해해줄 지성체는 아무도 없었
다. 그나마 만들어진 무기로서의 사명을 공유하는
유일한 동료이자 적은 머잖아 흔적도 남기지 않고
파괴될 것이었다.

"…'자율기동형 타입 5' 및 부속된 고유기술 전체
삭제."

무슨 뜻이지?

당장 눈에 띄는 변화는 없었다. 그러나 지켜보던

뼈 고래는 알 수 있었다. 그녀의 몸이자 우주선이자 엄격한 규칙에 따라 제조된 병기를 아로새기던 다종다양한 설정값들이 모조리 무위로 돌아갔다. 앞서 그것을 공격하는 데 썼던 95식: 섬멸도, 그에 다다르기까지 틀림없이 쟁여두었을 나머지 94개의 공격 기술들도 이제 그녀에게 있어서는 영영 잊힌 재주가 되었다.

이제 와서 날 공격하지 않겠다는 뜻인가?

"…별것 아니에요."

자율기동형 타입 5. 그저 무기의 분류명에 불과하지만 한때는 그것만이 그녀의 이름이었고 목적이었고 원리였다.

"새 *부대*는, 새 술에 담아야죠."

고장 난 잠시엔진을 따라 다다른 한 샛길을 선택하는 대가로, 이전 스스로의 모든 행적을 도려낸 우츠로부네가 말했다.

"새 사용자님을 만났고, 그분이 지어준…."

우츠로부네가 혀를 굴렸다. *새 부대, 새 술, 새로 담는…?*

"방금 나 뭐 잘못 말하지 않았어요?"

귀를 기울였지만 섭씨 4천 도의 파도가 그녀와 고래를 밀어내는 기척만 느껴졌다.

"참. 사용자님이 없지요."

그녀가 손가락을 튕겼다. 특정한 정서 표현은 아니었지만, 그렇다고 내부 회로를 활성화시키기 위한 동작도 아니었다. 아무것도 아닌 그냥 몸짓. 때로는 그것만으로도 충분했다.

이제 벌려놓은 일의 마무리를 지을 차례였다.

"구동 명령어 재설정."

그녀는 그러나 뒷말을 선뜻 잇지 못했다.

"으음…. 뭐."

그녀는 주먹으로 제 손바닥을 내리쳤다. 그러나 영 찝찝한 뒷맛이 따랐다. 무언가 떠올렸지만 썩 달갑진 않은 듯, 미묘한 표정.

"로컬, 임시니까."

뼈 고래는 그렇게, 그녀가 눈앞에서 새로운 스스로로 거듭나는 모습을 지켜보았다.

"구동 명령어 '우츠로부네' 및 부속된 고유기술 설정."

머물 곳을 찾지 못한 바람처럼, 태울 것을 찾지

못한 불길처럼, 무형의 힘이 비로소 진짜 '우츠로부네'가 된 그녀의 손끝을 따라 사방으로 휘몰아쳤다. 뿜어져 나오는 힘의 요란은 동이 트고 지듯 거대한 그림자가 되어 그녀를, 고래를 지나쳐 내핵의 지평선 너머로 뻗어 나갔다. 방사된 에너지는 우츠로부네 자신도 일순 질겁할 만큼 어마어마했다.

"제어할 배경물리량이 많아서 다행이네요."

힘은 우츠로부네의 의지에 감응하여 이글거렸다. 불을 잡아먹는 불, 빛을 눈멀게 만드는 빛, 그들은 이제 저희가 본디 몸담았던 행성의 속살보다도 뜨겁고 아프게 타올랐다.

"1식 시초기술 입력. 으음⋯."

우츠로부네가 눈을 빛냈다. 지질학적인 규모의 거미줄처럼 사방팔방으로 퍼진 에너지가 그녀의 지휘를 따라 모여들었다. 무수히 휘감긴 덩굴이 그 숙주를 잡아먹고 도리어 하나의 나무로 둔갑하듯, 근처를 노니는 그 어떤 작고 사소한 힘의 벡터라도 남김없이 우츠로부네는 빨아들였다. 그러곤 그 날카롭게 곧추세운 끝을 뼈 고래를 향해 똑바로 겨누었다.

"고래잡이!"

광채가 주변을 집어삼켰다.

"그렇게 된 거랍니다."

"…그래."

어지럽다는 듯, 아니 실제로도 눈알이 다 쓴 건전지처럼 빠져버릴 것 같아 아이는 고개를 파묻었다. 우츠로부네의 옷감이 뺨에 닿자 저도 모르게 안도의 한숨이 나왔다.

"이제 집에 가자."

마치 두 사람 모두의 집이 된 것처럼 말하고 있지만, *어쩔 수 없지 않은가.* 아이는 생각했다. 한밤중에 꼼짝없이 밤바다에 내동댕이쳐져 객사 당할 뻔했다고 생각하니 도무지 다리에 힘이 들어가지 않았다.

"나 지금 피곤하니까, 아무 말도 더 하지 말고."

덕분에 우츠로부네에게 몸을 맡긴 채 걸음을 옮기는 실정이었다.

"그냥 좀, 조용히 가자, 응?"

돌아오지 않는 대답, 무심결에 그녀를 바라보는

데, 말하지 말라는 말을 얼마나 잘 지킬 셈인지 꾹 다문 입술로 고개만 격하게 끄덕이고 있었다. 아이는 피식 웃었다. 그리고 그거면 됐다. 다시 고개를 돌리고 집에 갈 때까지 묵묵부답 발아래만 바라보며 걷기만 하면 되는데.

그러지 못했다.

눈길이 마주쳤다, 시선을 돌리지 못했다. 라고 주워섬긴다면 얼마나 상투적인가. 상황이 창피하고 말고를 떠나서 얼마나 흔해빠진 장면인가. 그러나 그 순간 우스로부네의 눈길은 그의 것을 붙잡아두지 않았다. 오히려 아이의 눈길이 머무를 조금의 틈도 남기지 않은 채 돌격했다. 밀고 들어와버렸다. 아이는 저를 위해 기꺼이 고래의 뼈에 깨물린 채 녹은 철 속을 휘젓던 그녀를 빤히 바라보았다.

은은한 달빛이 그 옆태를 비추자 그림처럼 깨끗한 미소가 한층 돋보였다. 이따금 자신이 불편해하지 않도록 부축한 팔을 살포시 고치고, 땅을 살피며 다음으로 아이의 발이 디딜 곳을 찾는 그 모습. 아이는 목에 힘을 빼고 머리를 그녀의 어깨에 기댔다. 미약하게 심장 뛰는 소리가 들렸다. 물론 가짜, 좋게 말해봤자 표상이니 뭐니 하는 알 수 없는 눈속임이 겠지만, 그녀의 몸에선 조금 전까지 용광로 속을 떠다녔다는 게 거짓말처럼 좋은 냄새가 났다.

아이는 결과적으로 제 눈을 어디에 두어야 할지 한 층 더 알 수 없게 되어버렸다.

"네에."

"야."

잠시 의아한 침묵.

"너 내가 말하기도 전에 어떻게 대답했냐? …아니."

아이가 손사래 쳤다.

"또 괜한 소리 하기 전에 그냥, 말해두려고."

우츠로부네는 기대에 부푼 눈동자로 열심히 아이를 외면했다. 민망한 광경이었지만 그렇다고 그녀가 여태까지 한 일과, 지금 하는 일의 의미가 퇴색되는 것은 아니었다.

"그…."

막상 이런 상황, 온 세상에 자신과 우츠로부네만 남고 나머지는 합판에 칠한 배경밖에 되지 못하는, 오롯이 둘이 겪은 일과 한 생각과 나눠야 할 이야기만이 드러나는 순간이 되니 입을 떼기가 힘들었다.

그러나 생각해보면, 낮에도 일단 거하게 배를 채워 주긴 했지만 끝까지 제대로 된 감사는 표하지 못했다. 다른 누구도 아닌 자신의 생명의 은인인데도. 그러니 그것까지 포함해서 이제는 말해야 한다. 그게 최소한의 도리다. *고맙다고.*

"아침에도 그렇지만, 너 덕분에…."

아무렴 그녀가 아니었다면, 아닌 밤중 뼈 고래의 책략에 끌려들어… 어라.

"엥?"

그 말과 함께, 아이가 발을 멈춰 세웠다. 우츠로부네도 멈추었다.

"후후, 별말씀을요."

그리고 마치 녹음된 것처럼 흘러나오는 반응.

"나 아직 아무 말도 안 했어."

아이의 팔다리에 힘이 들어갔다. 얼핏 부축한 것을 뿌리치려는가 생각될 정도로.

"생각해보니까 뭔가 좀 이상한데…."

혹은 정말 그러려는 마음을 먹고.

"난 거기 왜 끌려갔던 거지?"

저를 받치던 우츠로부네의 손에 조금 더 힘이 들

어간 것을 아이는 알았다.

"네?"

"네가 나를 불러서 어떻게 하려는 척… 하다가."

자세히 언급하고 싶진 않았다. 1인칭으로 겪은 죽음의 위기란 딱 한 번이면 족했다. 영영 잊을 수 있다면 더 좋고.

"…그러는 척하다가 아까 걔한테 반기를 들고, 평정심을 잃게 만들어서… 이게 작전인 건 알겠어."

"그럼요."

우츠로부네가 자랑스럽게 고개를 끄덕였다.

"덕분에 보기 좋게 성공했지요."

"그게 이해가 안 되는데."

아이는 아까와는 반대로 우츠로부네의 시선이 이쪽을 벗어나지 못하도록 붙잡았다.

"날 여기로 데리고 올 필요가 없지 않나?"

아이가 물었다.

"네가 그 자리에서 바로 도발했어도 결과는 똑같았을 것 같은데."

침묵. 그리고 만화의 컷과 컷처럼 분절된 효과음과 이미지로 갈음해도 될 법한, *까암빠악.* 우츠로부네의 눈꺼풀이 녹슨 경첩처럼 느릿느릿 여닫혔다.

"그건 뭐⋯."

고개를 트는 그녀. 화염처럼 선명한 머리칼이 마치 탈출구를 찾듯 나부꼈다.

"간단하게 설명할 수 있는데요⋯."

아이의 시선을 그러나 완전히 외면할 수는 없었다. 싫은 일에서, 싫은 사람에게서 도망치려 하지만 어느 날 문득 다시금 마주해버린 어떤 습관을 발견하게 되어버리고야 마는 일처럼.

"사용자님, 그런데 여기서 어느 쪽으로 가야 하죠?"

우츠로부네가 짐짓 엄숙한 표정으로 갈림길을 노려보았다.

"길을 못 찾겠어요."

끙. 아이가 신음했다. 그리고 가야 하는 방향을 가리켰다.

"우회전해서, 교차로 나올 때까지⋯."

"제가 얼마나 일에 열심인지 보여주고 싶었어요."

우츠로부네의 다급한 목소리가 그를 뺑소니치고 지나갔다.

"뭐?"

아이는 어안이 벙벙한 채 그녀를 빤히 바라보았다.

"왜, 왜 가끔, 그, 있잖아요."

우츠로부네가 헛기침을 섞어 말했다.

"주변 사람들한테 직업적으로, 그 업계의 전문가다운 멋진 모습 보이고 싶을 때요."

아이는 그 얼토당토않은 말을 반추했다. 필사적으로.

"좀 더 사용자님한테…."

그러나 머지않아 한계가 왔다. 튀어나오는 불호령은 말소리라기보다 무언가의 거부반응이나 욕지기에 차라리 더 가까웠다.

"그냥 잘 보이고 싶어서, 날 이 난장판에 끌어들였다고?"

짠 냄새가 진동하던 해변은 진작 떠났다. 둘은 슬슬 단잠에 빠진 민가가 늘어선 골목을 걷고 있었다. 아이의 청천벽력과도 같은 절규에 곤히 잘 자던 이들이 눈살을 찌푸리는 광경이 선했지만, 상관없었다.

"사, 사용자님."

우츠로부네가 말을 더듬었다.

"저도 별로 원해서 그렇게 된 건 아니거든요."

"아니 니가 먼저 불렀잖아?"

정확히 말하자면 상관없는 게 아니라, 알 바 아니었다.

"'매듭지을 일이 있다.' 니가 그렇게 말했다며!"

"시간을 좀 벌려고 했어요!"

우츠로부네가 눈을 질끈 감고 소리쳤다.

"작전이 바로 생각나질 않아서요! 한번 성공했다가 속는 게 더 화날 것 같기도 하고!"

미안해하는 건지, 변명을 하는 건지 알 수가 없었지만… 어쨌든 당황한 것은 확실했다.

"또, 뭐 솔직히 그렇잖아요?"

뭐가? 아이는 생각했다. 씨근덕거리는 숨을 진정하려 노력했다. 인정하기는 싫지만, 솔직히 우츠로부네의 말에도 나름 일리가 있는 까닭이었다.

"제가 조용히 그냥 일을 끝내고 돌아가면—"

뼈 고래랑 이야기를 나누자마자 그런 작전을 곧장 떠올리라는 건, 아무리 그래도 너무 가혹한 요구였다. 두 번째 이유는 작전을 위해 미끼가 된 입장에서는 별로 탐탁지 않았지만, 어쨌든 결과적으로 성공했으니….

"—사용자님은 밤새 뭔 일 있었는지 모르니, 절 한심하게 보는 게 달라지지 않을 거고요."

"야!"

팔다리를 버둥거리자 우츠로부네가 쩔쩔맸다. 비틀비틀 균형을 잡으려 애쓰는 그 모습이 묘하게 고소하면서도 고작 이런 걸 가지고 무언가 이겨 먹었다고 생각해버리는 것이, 뼈 고래와 유치한 입씨름을 벌이던 우츠로부네의 모습과 겹쳐지며 스스로가 한심하게 느껴졌다.

"이거 놔!"

아이가 고함질렀다.

"이제 다 끝났잖아!"

"참신한 말실수네요, 사용자님. 몇 명이나 알아챘을는지."

"다 내 알 바 아니야!"

"그리고 끝이라니요?"

고래고래 악을 쓰는 아이에게 그러나 우츠로부네는 아직 할 말이 남아 있었다.

"이제 겨우 시작인데."

그녀의 웃음소리는 더 이상 또박또박하게 들리지

않았다. 아이는 그만 입을 다물었다. 버둥거리던 팔다리도 멍하니 늘어졌다.

"뭐? 시작?"

누런 가로등 아래 아이의 눈길이 불안하게 떨렸다.

"뭔 시작? 다 끝났잖아, 이제?"

휘청거리는 다리 대신 우츠로부네의 옷깃을 붙든 채 아이가 계속해서 물었다. 호소했다.

"더 없잖아?"

"그럴 리가요? 해결되지 않은 이야기들이 얼마나 많은데요."

우츠로부네는 어린아이를 달래듯 사근사근 말했다.

"가령, 애초에 전 왜 이곳, 이 시대로 파견된 걸까요?"

그녀가 어깨를 으쓱거렸다.

"원래 사용자들께서도 바보가 아닌 이상, 이곳의 이 시간대는 제가 힘을 쓰기 힘든 환경이라는 걸 알고 있었을 테죠. 게다가 잠시엔진의 오류도 그래요—'기기 오작동'이라니, 어떤 이유든 나중에 갖다 붙일 수 있는 무적의 조커 아닌가요?"

아이는 꼼짝없이 그녀의 말을 들어야 했다.

"또, 저와 같은 무기들이 전부 아까 타입 1처럼 고지식하기만 할까요? 통제를 벗어난 제게 무언가 결함이 있었을까요? 아니면 처음부터 그런 잠재력이 있던 걸까요? 게다가 우츠로부네 1식이 만들어진 이상."

"뭐?"

"새로운 필살기예요."

그녀가 별것 아니라는 듯 훌훌 고개를 털었다.

"아무튼 제 새로운 정체성과 부속기술이 정립된 이상, 당연지사 1식을 잇는 작지만 실용적인 2식, 특수한 상황을 극복하기 위해 가까스로 떠올린 3식, 4식을 뛰어넘어 선행 공개된 데다가 막강하기 그지없어 누가 봐도 최종화를 장식할 것만 같은 5식도 있어야겠죠?"

"그게 다 뭔 소리야?"

"참, 그러고 보니 사용자님 이름도 아직 모르네요. 칠칠맞게도!"

아이의 폐에 마지막까지 꼭꼭 숨어 있던 한숨이 입술을 빠져나갔다. 그것으로 가슴팍이 그대로 쪼그라들어버릴 일만 남았지만 그것으로는 부족했다. 아이는 할 수만 있다면 숨결뿐만 아니라 뇌도, 눈도, 간도, 혀도, 모조리 이날의 아침으로부터 시작된 사건에서 멀찍이 벗어난 곳으로 전송시켜버리고 싶었다.

"그게 뭐, 중요해?"

어차피 계속 사용자님, 사용자님, 하고 불렀으면서. 같은 퉁명스러운 소리가 그 뒷말로 올 것이었다. 우츠로부네가 입을 열지 않았다면.

"물론이죠! 이제 다른 모든, 잠재적인 이곳의 사용자님 중에서."

그녀가 환하게 웃었다.

"'우츠로부네'한테 이름을 주신, 특별한 사용자님 딱 한 분을 앞으로 모셔야 하니까요."

그렇지만 그럴 수 없다면, 그리고 아마 그럴 확률이 매우 높았으니, 지금까지 그래왔듯 받아들여야만 한다면 적어도 한 가지 확실해진 것은. 아이가 가까스로 다시 숨을 들이켰다.

"내 이름은…."

앞으로 아주 많은 것들이 달라지리란 사실이었다.

〈끝〉

작가의 말

몰라도 재미있는 이야기를 써야겠다고 얼마나 자주 생각하는지 모릅니다. 무엇을 얼마나 모르느냐 하는 것을 모르더라도 마찬가지로 재미있어야겠습니다. 심지어는 읽는 이가 모르는 무언가를 항상 알고 있어야만 하는 쓰는 이가 모르더라도 재미있어야겠습니다. 모르는 구석이라곤 전혀 없이, 쓰는 이에게 낱낱이 파악된 이야기란 사실 이야기가 아닌지도 모릅니다. 사실 읽는 이가 쓰는 이를 모르고 더불어 쓰는 이가 모른다는 사실도 모를 때야말로 이야기는 가장 재미있어지는 건지도 모릅니다.

이 영문 모를 소리들이 얼마나 맞는 이야기일지는 모릅니다. 시험 삼아 각 문장의 첫 글자만 모아 읽어 보세요.

한층 더 모르겠습니다.

2023년
이신주

dot. 2
기다리며 꾸는 꿈

초판 1쇄 발행 2023년 12월 12일

지은이	이신주
펴낸이	박은주
디자인	김선예, 이수정
마케팅	박동준

발행처	(주)아작
등록	2015년 9월 9일 (제2021-000132호)
주소	07236 서울특별시 영등포구 의사당대로 38 102동 1309호
전화	02.324.3945-6 **팩스** 02.324.3947
이메일	arzaklivres@gmail.com
홈페이지	www.arzak.co.kr

ISBN   979-11-6668-802-7 04810
979-11-6668-800-3 04810 (세트)